LA RELIGIEUSE.

Tom. 1.

Je pensai lui dire en me jettant entre ses bras, eh! plut à Dieu.

LA RELIGIEUSE;

PAR DIDEROT.

TOME PREMIER.

Prix 42 sous

ex libris [illegible] le 15 nivose an 6 année 1798

A PARIS,

Chez { LE PRIEUR, Libraire, rue de Savoie, nº. 12.
BARBA, rue des Arts, nº. 27.

DE L'IMPRIMERIE D'ANDRE.

AN CINQUIÈME (1797, v. st.)

LA RELIGIEUSE.

La réponse du marquis de Croismare, s'il m'en fait une, me fournira les premières lignes de ce récit. Avant que de lui écrire, j'ai voulu le connoître. C'est un homme du monde ; il s'est illustré au service ; il est âgé, il a été marié ; il a une fille et deux fils qu'il aime, et dont il est chéri. Il a de la naissance, des lumières, de l'esprit, de la gaieté, du goût pour les beaux arts, et surtout de l'originalité. On m'a fait l'éloge de sa sensibilité, de son honneur et de sa probité, et j'ai vu, par tout ce qu'on m'en a dit, que je ne m'étois point compromise en m'adressant à lui ; mais il n'est pas à présumer qu'il s'intéresse à mon sort sans savoir qui je suis, et c'est ce motif qui me détermine à vaincre mon amour-propre et ma répugnance, en entreprenant ces mémoires où je peins une partie de mes malheurs sans talent et sans art, avec la naïveté d'un enfant de mon âge, et la franchise de mon caractère. Comme mon protecteur pourroit exiger ou que peut-être la fantaisie me prendroit de les achever dans un tems où les faits auroient cessé d'être présens à ma mémoire, j'ai pensé que l'abrégé qui les termine, et la profonde impression qui m'en restera tant que je vivrai, suffiroient pour me les rappeller avec exactitude.

Mon père étoit avocat. Il avoit épousé ma mère dans un âge assez avancé; il en eut trois filles. Il avoit plus de fortune qu'il n'en falloit pour les établir solidement; mais pour cela il falloit au moins que sa tendresse fût également partagée, et il s'en manque bien que je puisse dire que cela fût ainsi. Certainement je valois mieux que mes sœurs par les agrémens de l'esprit et de la figure, le caractère et les talens, et il sembloit que mes parens en fussent affligés. Ce que la nature et l'application m'avoient accordé d'avantages sur mes sœurs, devenant pour moi une source de chagrins, pour être aimée, chérie, fêtée, excusée toujours comme elles l'étoient, dès mes plus jeunes ans, j'ai desiré de pouvoir faire un échange avec elles. S'il arrivoit qu'on dit à ma mère : vous avez des enfans charmans.... jamais cela ne s'entendoit de moi. J'étois quelquefois bien vengée de cette injustice ; mais les éloges que j'avois reçus me coûtoient si cher quand nous étions seuls, que j'aurois autant aimé des injures ; plus les étrangers m'avoient donné de préférence, plus on avoit d'humeur lorsqu'ils étoient sortis. Oh ! combien j'ai pleuré de fois de n'être pas née laide, bête, sotte, orgueilleuse; en un mot, avec tous les travers qui leur réussissoient auprès de nos parens! Je me suis demandé d'où venoit cette bisarrerie dans un père, une mère, d'ailleurs honnêtes, justes et pieux. Vous l'avouerai-je, monsieur? Quelques discours échappés à mon père, dans sa colère, car il étoit violent, quelques circonstances rassemblées dans différens intervalles, des mots de voisins, des propos de valets m'en ont fait soupçonner une raison qui les excusoit un peu. Peut-être mon père avoit-il quelqu'incertitude sur ma naissance; peut-être rappellois-je à ma mère une faute qu'elle avoit commise, ou l'ingratitude d'un homme qu'elle avoit trop aimé : que sais-je? Mais quand toutes ces idées seroient fausses, que risquerois-je à vous les confier? Vous brûlerez cet écrit, et je vous promets de brûler vos réponses. Comme nous étions venues au monde à peu d'intervalle les unes des autres, nous devînmes grandes toutes les trois ensemble. Il se présenta des partis. Ma sœur aînée fut recherchée par un jeune homme charmant. Bientôt je m'apperçus qu'il me distinguoit et que je devenois l'objet de ses assiduités, bientôt je sentis tout ce que cette préférence pouvoit m'attirer de chagrins, et j'en avertis ma mère. C'est peut-être la seule chose que j'aie faite de ma vie qui lui ait été agréable ; et voici comment j'en fus récompensée. Quatre jours après, ou du moins à peu de jours, on me dit qu'on avoit arrêté ma place dans un couvent, et dès le lendemain j'y fus conduite. J'étois si mal à la maison, que cet évènement ne m'affligea point, et j'allai à Sainte-Marie, c'est mon premier couvent, avec beaucoup de gaieté. Cependant l'amant de ma sœur ne me voyant plus, m'oublia et devint son époux. Il s'appelle M. K*** ; il est notaire, et demeure à Corbeil, où il fait le plus mauvais ménage du monde. Ma seconde sœur fut mariée à un M. Bauchon, marchand de soieries, à Paris, rue Quincampoix, et vit assez bien avec lui.

Mes deux sœurs établies, je crus qu'on penseroit à moi, et que j'allois sortir du couvent. J'avois alors seize ans et demi. On avoit fait des dots assez considérables à mes sœurs; je me promettois un sort égal au leur, et ma tête s'étoit remplie de projets séduisans, lorsqu'on me fit demander au parloir. C'étoit le père Séraphin, directeur de ma mère; il avoit été aussi le mien, ainsi il n'eut pas d'embarras à m'expliquer le motif de sa visite : il s'agissoit de m'engager à prendre l'habit. Je me récriai sur cette étrange proposition, et je lui déclarai nettement que je ne sentois aucun goût pour l'état religieux. Tant pis, me dit-il, car vos parens se sont dépouillés pour vos sœurs, et je ne vois plus ce qu'ils pourroient pour vous dans la situation étroite où ils se sont réduits. Voyez, mademoiselle, il faut ou entrer pour toujours dans cette maison, ou s'en aller dans quelque couvent de province, où l'on vous recevra pour une modique pension et d'où vous ne sortirez qu'à la mort de vos parens qui peut se faire attendre encore long-tems.... Je me plaignis avec amertume, et je versai un torrent de larmes. La supérieure étoit prévenue, elle m'attendoit au retour du parloir. J'étois dans un désordre qui ne se peut expliquer. Elle me dit : et qu'avez-vous, ma chère enfant ? (Elle savoit mieux que moi ce que j'avois.) Comme vous voilà ! Mais on n'a jamais vu un désespoir pareil au vôtre ; vous me faites trembler. Est-ce que vous avez perdu monsieur votre père ou madame votre mère ? — Je pensai lui dire, en me jettant entre ses bras : eh ! plût à Dieu !.... Je me contentai de lui répondre : je n'ai ni père ni mère, je suis une malheureuse qu'on a oubliée et qu'on veut enfermer ici toute vive. — Elle laissa passer le torrent, elle attendit le moment de la tranquillité. Je lui expliquai plus clairement ce qu'on venoit de m'annoncer. Elle parut avoir pitié de moi, elle m'embrassa, elle m'encouragea à ne point prendre un état pour lequel je ne sentois aucun goût ; elle me promit de prier, de remontrer, de solliciter. O monsieur, combien ces supérieures de couvent sont artificieuses ! vous n'en avez point d'idée. Elle écrivit en effet. Elle n'ignoroit pas les réponses qu'on lui feroit, elle me les communiqua ; ce n'est qu'après bien du tems que j'ai appris à douter de sa bonne-foi. Cependant le terme qu'on avoit mis à ma résolution arriva ; elle vint m'en instruire avec la tristesse la mieux étudiée. D'abord elle demeura sans parler, ensuite elle me jetta quelques mots de douleur d'après lesquels je compris le reste. Ce fut encore une scène de désespoir ; je n'en aurai guères d'autres à vous peindre. Savoir se contenir est leur grand art. Ensuite elle me dit, en vérité ; je crois que ce fut en pleurant : eh bien ! mon enfant, vous allez donc nous quitter ! chère enfant, nous ne vous reverrons plus !... et d'autres propos que je n'entendis pas. J'étois renversée sur une chaise, ou je gardois le silence, ou je criois, ou j'étois immobile, ou je me levois, ou j'allois tantôt m'appuyer contre les murs, tantôt exhaler ma douleur sur son sein. Voilà ce qui s'étoit passé lorsqu'elle ajouta : mais, que ne faites-vous une chose ? Voyez, mais n'allez pas dire au moins que je vous en ai donné le conseil ; vous savez garder un secret : je ne voudrois pas, pour toute chose au monde, qu'on eût un reproche à me faire. Qu'est-ce qu'on demande de vous ? Que vous preniez le voile ? Eh bien ! que ne le prenez-vous ? A quoi cela vous engage-t-il ? à rien, à demeurer encore deux ans avec nous. On ne sait ni qui meurt ni qui vit ; deux ans, c'est du tems, il peut arriver bien des choses en deux ans... Elle joignit à ces propos insidieux tant de caresses, tant de protestations d'amitié, tant de faussetés douces, je savois où j'étois, je ne savois où l'on me mèneroit, et je me laissai persuader. Elle écrivit donc à mon père ; sa lettre étoit très-bien ; oh ! pour cela on ne peut mieux : ma peine, ma douleur, mes réclamations n'étoient point dissimulées ; je vous assure qu'une fille plus fine que moi y auroit été trompée ; cependant on finissoit par donner mon consentement. Avec quelle célérité tout fut préparé ! Le jour fut pris, mes habits faits, le moment de la cérémonie arrivé, sans que j'apperçoive aujourd'hui le moindre intervalle entre ces choses. J'oubliois de vous dire que je vis mon père et ma mère, que je n'épargnai rien pour les toucher, et que je les trouvai inflexibles. Ce fut un M. l'abbé Blin, docteur de Sorbonne, qui m'exhorta, et M. l'évêque d'Alep qui me donna l'habit. Cette cérémonie n'est pas gaie par elle-même, ce jour-là elle fut des plus tristes. Quoique les religieuses s'empressassent autour de moi pour me soutenir, vingt fois je sentis mes genoux se dérober, et je me vis prête à tomber sur les marches de l'autel. Je n'entendois rien, je ne voyois rien; j'étois stupide; on me menoit et j'allois, on m'interrogeoit et l'on répondoit pour moi. Cependant cette cruelle cérémonie prit fin; tout le monde se retira, et je restai au milieu du troupeau auquel on venoit de m'unir. Mes compagnes m'ont entourée, elle m'embrassent et se disent : mais voyez donc, ma sœur, comme elle est belle! comme ce voile noir relève la blancheur de son teint ! comme le bandeau lui sied ! comme il lui arrondit le visage ! comme il étend ses joues ! comme cet habit fait sortir sa taille et ses bras !.... Je les écoutois à peine, j'étois désolée ; cependant il faut que j'en convienne, quand je fus seule dans ma cellule, je me ressouvins de leurs flatteries ; je ne pus m'empêcher de les vérifier à mon petit miroir, et il me sembla qu'elles n'étoient pas tout-à-fait fausses. Il y a des honneurs attachés à ce jour, on les exagéra pour moi ; mais j'y fus peu sensible, et l'on affecta de croire le contraire et de me le dire, quoiqu'il fût clair qu'il n'en étoit rien. Le soir, au sortir de la prière, la supérieure se rendit dans ma cellule. En vérité, me dit-elle, après m'avoir un peu considérée, je ne sais pourquoi vous avez tant de répugnance pour cet habit, il vous fait à merveille, et vous êtes charmante ; sœur Suzanne est une très-belle religieuse, on vous en aimera davantage. Çà, voyons un peu, marchez...... Vous ne vous tenez pas assez droite, il ne faut pas être courbée comme cela.... Elle me composa la tête, les pieds, les mains, la taille, les bras; ce fut presque une leçon de Marcel sur les graces monastiques, car chaque état a les siennes. Ensuite elle s'assit et me dit : c'est bien; mais à présent parlons un peu sérieusement. Voilà donc deux ans de gagnés; vos parens peuvent changer de résolution; vous-même vous voudrez peut-être rester ici quand ils voudront vous en tirer; cela ne seroit point du tout impossible. — Madame, ne le croyez pas. —Vous avez été long-tems parmi nous, mais vous ne connoissez pas encore notre vie; elle a ses peines sans doute, mais elle a aussi ses douceurs..... — Vous vous doutez bien de tout ce qu'elle put me dire du monde et du cloître, cela est écrit par-tout, et par-tout de la même manière ; car, graces à Dieu ! on m'a fait lire tout ce que les religieux ont dit de leur état qu'ils connoissent bien et qu'ils détestent. contre le monde qu'ils aiment, qu'ils déchirent et qu'ils ne connoissent pas.

Je ne vous ferai pas le détail de mon noviciat ; si l'on observoit toute son austérité, on n'y résisteroit pas, mais c'est le tems le plus doux de la vie monastique. Une mère des novices est la sœur la plus indulgente qu'on a pu trouver. Son étude est de vous dérober toutes les épines de l'état, c'est un cours de séduction la plus subtile et la mieux apprêtée. C'est elle qui épaissit les ténèbres qui vous environnent, qui vous berce, qui vous endort en vous séduisant, qui vous fascine ; la nôtre s'attacha à moi particulièrement. Je ne pense pas qu'il y ait aucune ame jeune et sans expérience, à l'épreuve de cet art funeste. Le monde a ses précipices, mais je n'imagine pas qu'on y arrive par une pente aussi facile. Si j'avois toussé, j'étois dispensée de l'office, du travail, de la prière, je me couchois de meilleure heure, je me levois plus tard ; la règle cessoit pour moi. Imaginez, monsieur, qu'il y avoit des jours où je soupirois après l'instant de me sacrifier. Il ne se passe pas une histoire fâcheuse dans le monde qu'on ne vous en parle ; on arrange les vraies, on en fait de fausses, et puis ce sont des louanges sans fin, et des actions de graces à Dieu qui nous mettent à couvert de ces humiliantes disgraces. Cependant approcha ce tems que j'avois quelquefois hâté par mes desirs. Alors je devins rêveuse, je sentis mes répugnances se réveiller et s'accroître. J'allois les porter à la supérieure ou à notre mère des novices. Ces femmes se vengent bien de l'ennui que vous leur portez, car il ne faut pas croire qu'elles s'amusent du rôle hypocrite qu'elles font, et des sottises qu'elles sont forcées de vous répéter ; cela devient à la fin si usé et si maussade pour elles, mais elles s'y déterminent et cela pour un millier d'écus qu'il en revient à la maison. Voilà l'objet important pour lequel elles mentent toute leur vie, et préparent à de jeunes innocentes un désespoir de quarante, de cinquante années, et peut-être un malheur éternel ; car, il est sûr, monsieur, que sur cent religieuses qui meurent avant cinquante ans, il y en a cent tout juste de damnées, sans compter celles qui deviennent folles, stupides ou furieuses en attendant.

Il arriva un jour qu'il s'en échappa une de ces dernières de la cellule où on la tenoit renfermée. Je la vis. Voilà l'époque de mon bonheur ou de mon malheur, selon, monsieur, la manière dont vous en userez avec moi. Je n'ai jamais rien vu de si hideux. Elle étoit échevelée et presque sans vêtement ; elle traînoit des chaînes de fer ; ses yeux étoient égarés ; elle s'arrachoit les cheveux ; elle se frappoit la poitrine avec les poings ; elle couroit ; elle hurloit ; elle se chargeoit elle-même et les autres des plus terribles imprécations ; elle cherchoit une fenètre pour se précipiter. La frayeur me saisit, je tremblai de tous mes membres, je vis mon sort dans celui de cette infortunée, et sur-le-champ il fut décidé dans mon cœur que je mourrois mille fois plutôt que de m'y exposer. On pressentit l'effet que cet évènement pourroit faire sur mon esprit ; on crut devoir le prévenir. On me dit sur cette religieuse, je ne sais combien de mensonges ridicules qui se contredisoient : qu'elle avoit déjà l'esprit dérangé quand on l'avoit reçue ; qu'elle avoit eu un grand effroi dans un tems critique ; qu'elle étoit devenue sujette à des visions : qu'elle se croyoit en commerce avec les anges : qu'elle avoit entendu des novateurs d'une morale outrée qui l'avoient si fort épouvantée des jugemens de Dieu, que sa tête ébranlée en avoit été renversée ; qu'elle ne voyoit plus que des démons, l'enfer et des gouffres de feu ; qu'elles étoient bien malheureuses, qu'il étoit inoui qu'il y eût jamais eu un pareil sujet dans la maison ; et sais-je encore quoi ? Cela ne prit point auprès de moi. A tout moment ma religieuse folle me revenoit à l'esprit, et je me renouvellois le serment de ne faire aucun vœu.

Le voici pourtant arrivé ce moment où il s'agissoit de montrer si je savois me tenir parole. Un matin, après l'office, je vis entrer la supérieure chez moi. Elle tenoit une lettre. Son visage étoit celui de la tristesse et de l'abattement ; les bras lui tomboient, il sembloit que sa main n'eût pas la force de soulever cette lettre ; elle me regardoit, des larmes sembloient rouler dans ses yeux ; elle se taisoit et moi aussi, elle attendoit que je parlasse la première, j'en fus tentée, mais je me retins. Elle me demanda comment je me portois; que l'office avoit été bien long aujourd'hui; que j'avois un peu toussé; que je lui paroissois indisposée. A tout cela je répondis: non, ma chère mère. Elle tenoit toujours sa lettre d'une main pendante; au milieu de ces questions elle la posa sur ses genoux, et sa main la cachoit en partie; enfin, après avoir tourné autour de quelques questions sur mon père, sur ma mère, voyant que je ne lui demandois point ce que c'étoit que ce papier, elle me dit: voilà une lettre.... A ce mot je sentis mon cœur se troubler, et j'ajoutai d'une voix entrecoupée et avec des lèvres tremblantes: elle est de ma mère. — Vous l'avez dit; tenez, lisez... — Je me remis un peu, je pris la lettre, je la lus d'abord avec assez de fermeté; mais à mesure que j'avançois, la frayeur, l'indignation, la colère, le dépit, différentes passions se succédant en moi, j'avois différens tons, différentes voix, et je faisois différens mouvemens. Quelquefois je tenois à peine ce papier, ou je le tenois comme si j'eusse voulu le déchirer, ou je le serrois violemment comme si j'avois été tentée de le froisser et de le jeter loin de moi. — Eh bien! mon enfant, que répondrons-nous à cela? — Madame, vous le savez. — Mais non? je ne le sais pas. Les tems sont malheureux, votre famille a souffert des pertes; les affaires de vos sœurs sont dérangées, elles ont l'une et l'autre beaucoup d'enfans; on s'est épuisé pour elles en les mariant, on se ruine pour les soutenir. Il est impossible qu'on vous fasse un certain sort; vous avez pris l'habit, on a fait des dépenses, par cette démarche vous avez fait concevoir des espérances, on a répandu dans le monde que vous faisiez incessamment profession. Au reste, comptez toujours sur tous mes secours. Je n'ai jamais attiré personne en religion, c'est un état où Dieu nous conduit, et il est très-dangereux de mêler sa voix à la sienne. Je n'entreprendrai point de parler à votre cœur, si la grace ne lui dit rien ; jusqu'à présent je n'ai point à me reprocher le malheur d'une autre, je ne voudrois pas commencer par vous, mon enfant, vous qui m'êtes si chère. Je n'ai point oublié que c'est à ma persuasion que vous avez fait les premières démarches, et je ne souffrirai point qu'on en abuse pour vous engager au-delà de votre volonté. Voyons donc ensemble, concertons-nous. Voulez-vous faire profession ? — Non, madame ? — Vo s ne vous sentez aucun goût pour l'état religieux ? — Non, madame ? — Vous n'obéirez point à vos parens ? — Non, madame. — Que voulez-vous donc devenir ? — Tout, excepté religieuse. Je ne le veux pas être, je ne le serai pas. — Eh bien ! vous ne le serez pas. Voyons, arrangeons une réponse à votre mère.... — Nous convînmes de quelques idées. Elle écrivit et me montra sa réponse qui me parut encore très-bien. Cependant on me dépêcha le directeur de la maison ; on m'envoya le docteur qui m'avoit prêchée à ma prise d'habit ; on me recommanda à la mère des novices ; je vis monsieur l'évêque d'Alep ; j'eus des lances à rompre avec des femmes pieuses qui se mêlèrent de mon affaire sans que je les connusse ; c'étoient des conférences continuelles avec des moines et des prêtres ; mon père vint, mes sœurs m'écrivirent ; ma mère parut la dernière ; je résistai à tout. Cependant le jour fut pris pour ma profession, on ne négligea rien pour obtenir mon consentement ; mais quand on vit qu'il étoit inutile de le solliciter, on prit le parti de s'en passer.

On me renferma dans ma cellule, on m'imposa le silence; je fus séparée de tout le monde, abandonnée à moi-même, et je vis qu'on étoit résolu de disposer de moi sans moi. Je ne voulois point m'engager, c'étoit un point décidé, et toutes les terreurs fausses ou vraies qu'on me jetoit sans cesse ne m'ébranloient pas. Cependant j'étois dans un état déplorable, je ne savois point ce qu'il pouvoit durer, et s'il venoit à cesser, je savois encore moins ce qui pouvoit m'arriver. Au milieu de ces incertitudes, je pris un parti dont vous jugerez, monsieur, comme il vous plaira. Je ne voyois plus personne, ni la supérieure, ni la mère des novices, ni mes compagnes. Je fis avertir la première, et je feignis de me rapprocher de la volonté de mes parens; mais mon dessein étoit de finir cette persécution avec éclat et de protester publiquement contre la violence qu'on méditoit. Je dis donc

qu'on étoit maître de mon sort, qu'on pouvoit en disposer comme on voudroit, qu'on exigeoit que je fisse profession, et que je la ferois. Voilà la joie répandue dans toute la maison, les caresses revenues avec toutes les flatteries et toute la séduction. « Dieu
» avoit parlé à mon cœur ; personne
» n'étoit plus faite pour l'état de per-
» fection que moi. Il étoit impossible
» que cela ne fût pas, on s'y étoit
» toujours attendu. On ne remplit pas
» ses devoirs avec tant d'édification et
» de constance, quand on n'y est pas
» vraiment appelée. La mère des no-
» vices n'avoit jamais vu dans aucune
» de ses élèves de vocation aussi bien
» caractérisée ; elle étoit toute surprise
» du travers que j'avois pris, mais elle
» avoit toujours bien dit à notre mère
» supérieure qu'il falloit tenir bon et
» que cela passeroit ; que les meilleu-
» res religieuses avoient eu de ces mo-
» mens-là ; que c'étoient des sugges-
tions

» tions du mauvais esprit qui redou-
» bloit ses efforts, lorsqu'il étoit sur
» le point de perdre sa proie; que j'al-
» lois lui échapper; qu'il n'y avoit
» plus que des roses pour moi; que les
» obligations de la vie religieuse me
» paroîtroient d'autant plus supporta-
» bles, que je me les étois plus for-
» tement exagérées; que cet appésan-
» tissement subit du joug étoit une
» grace du ciel, qui se servoit de ce
» moyen pour l'alléger... » Il me pa-
roissoit assez singulier que la même chose vînt de Dieu ou du Diable, selon qu'il leur plaisoit de l'envisager. Il y a beaucoup de circonstances pareilles dans la religion, et ceux qui m'ont consolée m'ont souvent dit de mes pensées, les uns, que c'étoient autant d'instigations de Satan; et les autres autant d'inspirations de Dieu. Le même mal vient ou de Dieu qui nous éprouve, ou du Diable qui nous tente.

Je me conduisis avec discrétion. Je crus pouvoir me répondre de moi. Je vis mon père, il me parla froidement ; je vis ma mère, elle m'embrassa ; je reçus des lettres de congratulation de mes sœurs et de beaucoup d'autres. Je sus que ce seroit un M. Sornin, vicaire de Saint-Roch, qui feroit le sermon, et M. Thierry, chancelier de l'Université, qui recevroit mes vœux. Tout alla bien jusqu'à la veille du grand jour, excepté qu'ayant appris que la cérémonie seroit clandestine ; qu'il y auroit très-peu de monde, et que la porte de l'église ne seroit ouverte qu'aux parens, j'appellai par la tourière toutes les personnes de notre voisinage, mes amis, mes amies ; j'eus la permission d'écrire à quelques-unes de mes connoissances. Tout ce concours auquel on ne s'attendoit guère se présenta ; il fallut le laisser entrer, et l'assemblée fut telle à-peu-près qu'il la falloit pour mon projet. O monsieur ! que la nuit qui précéda fut terrible pour moi ! Je ne me couchai point. J'étois assise sur mon lit. J'appellois Dieu à mon secours, j'élevois mes mains au ciel, je le prenois à témoin de la violence qu'on me faisoit. Je me représentois mon rôle au pied des autels, une jeune fille protestant à haute voix contre une action à laquelle elle paroît avoir consenti ; le scandale des assistans, le désespoir des religieuses, la fureur de mes parens. O Dieu ! que vais-je devenir ?... En prononçant ces mots il me prit une défaillance générale, je tombai évanouie sur mon traversin; un frisson général dans lequel mes genoux se frappoient et mes dents se battoient avec bruit, succéda à cette défaillance ; à ce frisson une chaleur terrible. Mon esprit se troubla. Je ne me souviens ni de m'être déshabillée, ni d'être sortie de ma cellule ; cependant on me trouva nue en chemise, étendue par terre à la porte de la supérieure, sans mouvement et presque sans vie. J'ai appris ces choses depuis. Le matin, je me trouvai dans ma cellule, mon lit environné de la supérieure, de la mère des novices et de celles qu'on appelle les assistantes. J'étois fort abattue. On me fit quelques questions, on vit par mes réponses que je n'avois aucune connoissance de ce qui s'étoit passé, et l'on ne m'en parla pas. On me demanda comment je me portois, si je persistois dans ma sainte résolution, et si je me sentois en état de supporter la fatigue du jour. Je répondis qu'oui, et contre leur attente rien ne fut dérangé.

On avoit tout disposé dès la veille. On sonna les cloches pour apprendre à tout le monde qu'on alloit faire une malheureuse. On vint me parer; ce jour est un jour de toilette. Aprésent que je me rappelle toutes ces cérémonies, il me semble qu'elles avoient quelque chose de solemnel et de bien touchant pour une jeune innocente que son penchant n'entraîneroit point ailleurs. On me conduisit à l'église, on célébra la saintemesse. Le bon vicaire qui me soupçonnoit une résignation que je n'avois point, me fit un long sermon où il n'y avoit pas un mot qui ne fût à contre-sens ; c'étoit quelque chose de bien ridicule que tout ce qu'il me disoit de mon bonheur, de la grace, de mon courage, de mon zèle, de ma faveur et de tous les beaux sentimens qu'il me supposoit. Cependant, ce contraste de son éloge et de la démarche que j'allois faire me troubla, j'eus des momens d'incertitude, mais qui durèrent peu. Je n'en sentis que mieux que je manquois de tout ce qu'il falloit avoir pour être une bonne religieuse. Enfin, le moment terrible arriva. Lorsqu'il fallut entrer dans le lieu où je devois prononcer le vœu de mon engagement, je ne me trouvai plus de jambes ; deux de mes compagnes me prirent sous les bras, j'avois la tête renversée sur une d'elles, et je me traînois. Je ne sais ce qui se passoit dans l'ame des assistans ; mais ils voyoient une jeune victime mourante qu'on portoit à l'autel, et il s'échappoit de toutes parts des soupirs et des sanglots, au milieu desquels je suis bien sûre que ceux de mon père et de ma mère ne se firent point entendre. Tout le monde étoit debout ; il y avoit de jeunes personnes montées sur des chaises et attachées aux barreaux de la grille, et il se faisoit un profond silence, lorsque l'évêque qui présidoit à ma profession, me dit : Marie-Suzanne Simonin, promettez - vous de dire la vérité ? — Je le promets. — Est-ce de votre plein gré et de votre libre volonté que vous êtes ici ? — Je répondis, non ; mais celles qui m'accompagnoient répondirent pour moi, oui. — Marie - Suzanne Simonin, promettez-vous à Dieu chasteté, pauvreté et obéissance ? — J'hésitai un moment ; le prêtre attendit, et je répondis : non, monseigneur. — Il recommença : Marie-Suzanne Simonin, promettez-vous à Dieu chasteté, pauvreté et obéissance ? — Je lui répondis d'une voix plus ferme : non, monseigneur, non. — Il s'arrêta et me dit : Mon enfant, remettez-vous et écoutez-moi. — Monseigneur, lui dis-je, vous me demandez si je promets à Dieu chasteté, pauvreté et obéissance, je vous ai bien entendu, et je vous réponds que non..... Et me tournant ensuite vers les assistans entre lesquels il s'étoit élevé un assez grand murmure, je fis signe que je voulois parler ; le murmure cessa et je dis : « Messieurs, et » vous sur-tout mon père et ma mère, » je vous prends tous à témoins ».... A ces mots une des sœurs laissa tomber le voile de la grille, et je vis qu'il étoit inutile de parler. Les religieuses m'entourèrent, m'accablèrent de reproches; je les écoutai sans mot dire. On me conduisit dans ma cellule, où l'on m'enferma sous la clef.

Là, seule, livrée à mes réflexions, je commençai à rassurer mon ame, je revins sur ma démarche, et je ne m'en repentis point. Je vis qu'après l'éclat que j'avois fait, il étoit impossible que je restasse ici long-tems, et que peut-être on n'oseroit pas me remettre au couvent. Je ne savois ce qu'on feroit de moi : mais je ne voyois rien de pis que d'être religieuse malgré soi. Je demeurai enfermée sans entendre parler de qui que ce fût. Celles qui m'apportoient à manger entroient, mettoient mon dîner à terre, et s'en alloient sans mot dire. Au bout d'un mois on m'apporta des habits de séculière, je quittai ceux de la maison; la supérieure vint et me dit de la suivre. Je la suivis jusqu'à la porte conventuelle, où je montai dans une voiture; j'y trouvai ma mère seule qui m'attendoit, je m'assis sur le devant et le carosse partit. Nous restâmes l'une vis-à-vis de l'autre quelque tems sans mot dire ; j'avois les yeux baissés, et je n'osois la regarder. Je ne sais ce qui se passoit dans mon ame, mais tout-à-coup je me jetai à ses pieds, et je penchai ma tête sur ses genoux; je ne lui disois rien, mais je sanglottois et j'étouffois. Elle me repoussa durement sans parler. Je ne me relevai pas; le sang me vint au nez; je saisis une de ses mains malgré qu'elle en eût, et l'arrosant de mes larmes et de mon sang qui couloit, appuyant ma bouche sur cette main, je la baisois et je lui disois : vous êtes toujours ma mère, je suis toujours votre enfant... — Et elle me répondit en me poussant encore plus violemment et arrachant sa main d'entre les miennes : relevez-vous, malheureuse, relevez-vous. — Je lui obéis, je me rassis et je tirai ma coëffe sur mon visage. Elle avoit mis tant d'autorité et de fermeté dans le son de sa voix, que je n'osois la regarder. Mes larmes et le sang qui couloit de mon nez se mêloient ensemble, descendoient le long de mes bras, et j'en étois toute couverte sans que je m'en apperçusse. A quelques mots qu'elle dit, je conçus que sa robe et son linge en avoient été tachés, et que cela lui déplaisoit. Nous arrivâmes à la maison, où l'on me conduisit tout de suite à une petite chambre qu'on m'avoit préparée. Je me jetai encore à ses genoux sur l'escalier, je la retins par son vêtement; mais tout ce que j'en obtins, ce fut de tourner la tête de mon côté, et de me regarder avec un mouvement d'indignation de la bouche et des yeux, que vous concevez mieux que je ne puis vous le rendre.

J'entrai dans ma nouvelle prison où je passai six mois, sollicitant tous les jours inutilement la grace de lui parler, de voir mon père ou de leur écrire. On m'apportoit à manger, on me servoit, une domestique m'accompagnoit à la messe les jours de fête et me renfermoit. Je lisois, je travaillois, je pleurois, je chantois, et c'est ainsi que mes journées se passoient. Un sentiment secret me soutenoit, c'est que j'étois libre, et que mon sort, quelque dur qu'il fût, pouvoit changer. Mais il étoit décidé que je serois religieuse, et je le fus.

Tant d'inhumanité, tant d'opiniâtreté de la part de mes parens ont achevé de confirmer ce que je soupçonnois de ma naissance ; je n'ai jamais pu trouver d'autres moyens de les excuser. Ma mère craignoit apparemment que je ne revinsse un jour sur le partage des biens, que je ne redemandasse ma légitime, et que je n'associasse un enfant naturel à des enfans légitimes. Mais ce qui n'étoit qu'une conjecture, va se tourner en certitude.

Tandis que j'étois enfermée à la maison, je faisois peu d'exercices extérieurs de religion; cependant on m'envoyoit à confesse la veille des grandes fêtes. Je vous ai dit que j'avois le même directeur que ma mère; je lui parlai, je lui exposai toute la dureté de la conduite qu'on avoit tenue avec moi depuis environ trois ans Il la savoit. Je me plaignis de ma mère sur-tout avec amertume et ressentiment. Ce prêtre étoit entré tard dans l'état religieux, il avoit de l'humanité; il m'écouta tranquillement, et me dit: mon enfant, plaignez votre mère, plaignez-la plus encore que vous ne la blâmez. Elle a l'ame bonne; soyez sûre que c'est malgré elle qu'elle en use ainsi. — Malgré elle, monsieur! Et qu'est-ce qui peut l'y contraindre? Ne m'a-t-elle pas mise au monde? et quelle différence y a-t-il entre mes sœurs et moi? — Beaucoup. — Beaucoup! Je n'entends rien à votre réponse..... J'allois

entrer

entrer dans la comparaison de mes sœurs et de moi, lorsqu'il m'arrêta et me dit : allez, allez, l'inhumanité n'est pas le vice de vos parens ; tâchez de prendre votre sort en patience et de vous en faire du moins un mérite devant Dieu. Je verrai votre mère, et soyez sûre que j'emploierai pour vous servir tout ce que je puis avoir d'ascendant sur son esprit... — Ce *beaucoup* qu'il m'avoit repondu fut un trait de lumière pour moi ; je ne doutai plus de la vérité de ce que j'avois pensé sur ma naissance.

Le samedi suivant, vers les cinq heures et demie du soir, à la chûte du jour, la servante qui m'étoit attachée monta et me dit : madame votre mère dit que vous vous habilliez... Une heure après, madame dit que vous descendiez avec moi... Je trouvai à la porte un carrosse où nous montâmes la domestique et moi, et j'appris que nous allions aux Feuillans chez le père Séraphin. Il nous attendoit, il étoit seul. La domestique s'éloigna, et moi j'entrai dans le parloir. Je m'assis inquiète et curieuse de ce qu'il avoit à me dire. Voici comme il me parla: mademoiselle, l'apologie de la conduite sévère de vos parens va s'expliquer pous vous, j'en ai obtenu la permission de madame votre mère. Vous êtes sage, vous avez de l'esprit, de la fermeté; vous êtes dans un âge où l'on pourroit vous confier même un secret qui ne vous concerneroit pas. Il y a long-tems que j'ai exhorté pour la première fois madame votre mère à vous révéler celui que vous allez apprendre, elle n'a jamais pu s'y résoudre; il est dur pour une mère d'avouer une faute grave à son enfant! vous connoissez son caractère, il ne va guère avec la sorte d'humiliation d'un certain aveu. Elle a cru pouvoir sans cette ressource vous amener à ses desseins, elle s'est trompée, elle en est fâchée, elle revient aujourd'hui à mon conseil, et c'est elle qui m'a chargé de vous annoncer que vous n'étiez pas la fille de M. Simonin. — Je lui répondis sur-le-champ : je m'en étois doutée. — Voyez à présent, mademoiselle, considérez, pesez, jugez si madame votre mère peut sans le consentement, même avec le consentement de monsieur votre père, vous unir à des enfans dont vous n'êtes point la sœur ; si elle peut avouer à monsieur votre père un fait sur lequel il n'a déjà que trop de soupçons. — Mais, monsieur, qui est mon père ? — Mademoiselle, c'est ce qu'on ne m'a pas confié. Il n'est que trop certain, mademoiselle, ajouta-t-il, qu'on a prodigieusement avantagé vos sœurs, et qu'on a pris toutes les précautions imaginables par les contrats de mariage, par le dénaturer des biens, par les stipulations, par les fidéi-commis et autres moyens de réduire à rien votre légitime, dans le cas que vous puissiez un jour vous adresser aux loix pour la redemander. Si vous perdez vos parens, vous trouverez peu de chose; vous refusez un couvent, peut-être regretterez-vous de n'y pas être. — Cela ne se peut, monsieur, je ne demande rien. — Vous ne savez pas ce que c'est que la peine, le travail, l'indigence. — Je connois du moins le prix de la liberté, et le poids d'un état auquel on n'est point appellé. — Je vous ai dit ce que j'avois à vous dire, c'est à vous, mademoiselle, à faire vos réflexions... Ensuite il se leva. — Monsieur, encore une question. — Tant qu'il vous plaira. — Mes sœurs savent-elles ce que vous m'avez appris? — Non, mademoiselle. — Comment ont-elles donc pu se résoudre à dépouiller leur sœur? car c'est ce qu'elles me croient. — Ah! mademoiselle, l'intérêt! l'intérêt! elles n'auroient point obtenu les partis considérables qu'elles ont trouvés.

Chacun songe à soi dans ce monde, et je ne vous conseille pas de compter sur elles si vous venez à perdre vos parens; soyez sûre qu'on vous disputera jusqu'à un liard la petite portion que vous aurez à partager avec elles. Elles ont beaucoup d'enfans, ce prétexte sera trop honnête pour vous réduire à la mendicité. Et puis elles ne peuvent plus rien, ce sont les maris qui font tout; si elles avoient quelques sentimens de commisération, les secours qu'elles vous donneroient à l'insu de leurs maris, deviendroient une source de divisions domestiques. Je ne vois que de ces choses-là, ou des enfans abandonnés même légitimes, ou des enfans secourus aux dépens de la paix domestique. Et puis, mademoiselle, le pain qu'on reçoit est bien dur. Si vous m'en croyez, vous vous reconcilierez avec vos parens; vous ferez ce que votre mère doit attendre de vous, vous entrerez en religion, on vous fera une petite pension avec laquelle vous passerez des jours sinon heureux, du moins supportables. Au reste, je ne vous célerai pas que l'abandon apparent de votre mère, son opiniâtreté à vous renfermer, et quelques autres circonstances qui ne me reviennent plus, mais que j'ai sues dans le tems, ont produit exactement snr votre père le même effet que sur vous; votre naissance lui étoit suspecte : elle ne lui est plus, et sans être dans la confidence, il ne doute point que vous ne lui apparteniez comme enfant que par la loi qui les attribue à celui qui porte le titre d'époux. Allez, mademoiselle, vous êtes bonne et sage, pensez à ce que vous venez d'apprendre.

Je me levai, je me mis à pleurer. Je vis qu'il étoit lui-même attendri, il leva doucement les yeux au ciel et me reconduisit. Je repris la domestique qui m'avoit accompagnée, nous remontâmes en voiture, et nous rentrâmes à la maison. Il étoit tard. Je rêvai une partie de la nuit à ce qu'on venoit de me révéler, j'y rêvai encore le lendemain. Je n'avois point de père, le scrupule m'avoit ôté ma mère; des précautions prises pour que je ne pusse prétendre aux droits de ma naissance légale; une captivité domestique fort dure; nulle espérance, nulle ressource. Peut-être que si l'on se fût expliqué plutôt avec moi, après l'établissement de mes sœurs, on m'eût gardée à la maison qui ne laissoit pas que d'être fréquentée, il se seroit trouvé quelqu'un à qui mon caractère, mon esprit, ma figure et mes talens auroient paru une dot suffisante : la chose n'étoit pas encore impossible, mais l'éclat que j'avois fait au couvent la rendoit plus difficile : on ne conçoit guère comment une fille de dix-sept à dix-huit ans a pu se porter à cette extrémité sans une fermeté peu commune ; les hommes louent beaucoup cette qualité, mais il me semble qu'ils s'en passent volontiers dans celles dont ils se proposent de faire leurs épouses. C'étoit pourtant une ressource à tenter avant que de songer à un autre parti ; je pris celui de m'en ouvrir à ma mère, et je lui fis demander un entretien qui me fut accordé.

C'étoit dans l'hyver. Elle étoit assise dans un fauteuil devant le feu ; elle avoit le visage sévère, le regard fixe et les traits immobiles. Je m'approchai d'elle, je me jetai à ses pieds, et je lui demandai pardon de tous les torts que j'avois. C'est, me répondit-elle, par ce que vous m'allez dire que vous le mériterez. Levez-vous, votre père est absent, vous avez tout le tems de vous expliquer. Vous avez vu le père Séraphin, vous savez enfin qui vous êtes et ce que vous pouvez attendre de moi, si votre projet n'est pas de me punir toute ma vie d'une faute que je n'ai déjà que trop expiée. Eh bien, mademoiselle, que me voulez-vous ? Qu'avez-vous résolu ? — Maman, lui répondis-je, je sais que je n'ai rien et que je ne dois prétendre à rien. Je suis bien éloignée d'ajouter à vos peines de quelque nature qu'elles soient ; peut-être m'auriez-vous trouvée plus soumise à vos volontés, si vous m'eussiez instruite plutôt de quelques circonstances qu'il étoit difficile que je soupçonnasse ; mais enfin je sais, je me connois, et il ne me reste qu'à me conduire en conséquence de mon état. Je ne suis plus surprise des distinctions qu'on a mises entre mes sœurs et moi, j'en reconnois la justice, j'y souscris ; mais je suis toujours votre enfant, vous m'avez porté dans votre sein, et j'espère que vous ne l'oublierez pas. — Malheur à moi, ajoute-t-elle vivement, si je ne vous avouois pas autant qu'il est en mon pouvoir ! — Eh bien ! maman, lui dis-je, rendez-moi vos bontés ; rendez-moi votre présence ; rendez-moi la tendresse de celui qui se croit mon père. — Peu s'en faut, ajouta-t-elle, qu'il ne soit presque aussi certain sur votre naissance que vous et moi. Je ne vous vois jamais à côté de lui sans entendre ses reproches, il me les adresse par la dureté dont il en use avec vous ; n'espérez point de lui les sentimens d'un père tendre. Et puis vous l'avouerai-je, vous me rappelez une trahison, une ingratitude si odieuse de la part d'un autre, que je n'en puis supporter l'idée ; cet homme se montre sans cesse entre vous et moi, il me repousse, et la haine que je lui dois se répand sur vous. — Quoi ! lui dis-je, ne puis-je espérer que vous me traitiez, vous et M. Simonin, comme une étrangère, une inconnue que vous auriez accueillie par humanité ? — Nous ne le pouvons ni l'un ni l'autre. Ma fille, n'empoisonnez pas ma vie plus long-tems. Si vous n'aviez point de sœurs, je sais ce que j'aurois à faire; mais vous en avez deux, et elles ont l'une et l'autre une famille nombreuse. Il y a long-tems que la passion qui me soutenoit s'est éteinte, la conscience a repris ses droits. — Mais celui à qui je dois la vie.... — Il n'est plus, il est mort sans se ressouvenir de vous, et c'est le moindre de ses forfaits... En cet endroit sa figure s'altéra, ses yeux s'allumèrent, l'indignation s'empara de son visage; elle vouloit parler, mais elle n'articuloit plus, le tremblement de ses lèvres l'en empêchoit. Elle étoit assise, elle pencha sa tête sur ses mains pour me dérober les mouvemens violens qui se passoient en elle; elle demeura quelque tems dans cet état, puis elle se leva, fit quelques tours dans la chambre sans mot dire; elle contraignoit ses larmes qui couloient avec peine, et elle disoit : le monstre ! il n'a pas dépendu de lui qu'il ne vous ait étouffé dans mon sein par toutes les peines qu'il m'a causées; mais Dieu nous a conservées l'une et l'autre pour que la mère expiât sa faute par l'enfant. Ma fille, vous n'avez rien, vous n'aurez jamais rien. Le peu que je puis faire pour vous, je le dérobe à vos sœurs, voilà les suites d'une foiblesse. Cependant j'espère n'avoir rien à me reprocher en mourant, j'aurai gagné votre dot par mon économie. Je n'abuse point de la facilité de mon époux, mais je mets tous les jours à part ce que j'obtiens de tems en tems de sa libéralité. J'ai vendu ce que j'avois de bijoux, et j'ai obtenu de lui de disposer à mon gré du prix qui m'en est revenu. J'aimois le jeu, je ne joue plus; j'aimois les spectacles, je m'en suis privée; j'aimois la compagnie, je vis retirée; j'aimois le faste, j'y ai renoncé. Si vous entrez en religion,

ligion, comme c'est ma volonté et celle de M. Simonin, votre dot sera le fruit de ce que je prends sur moi tous les jours. — Mais, maman, lui dis-je, il vient encore ici quelques gens de bien, peut-être s'en trouvera-t-il un qui, satisfait de ma personne, n'exigera pas même les épargnes que vous avez destinées à mon établissement. — Il n'y faut plus penser, votre éclat vous a perdue. — Le mal est-il sans ressource? — Sans ressource. — Mais si je ne me trouve point un époux, est-il nécessaire que je m'enferme dans un couvent? — A moins que vous ne veuillez perpétuer ma douleur et mes remords jusqu'à ce que j'aie les yeux fermés. Il faut que j'y vienne; vos sœurs dans ce moment terrible seront autour de mon lit; voyez si je pourrai vous voir au milieu d'elles; quel seroit l'effet de votre présence dans ces derniers momens! Ma fille, car vous l'êtes malgré moi, vos sœurs ont obtenu des loix un nom que vous tenez du crime; n'affligez pas une mère qui expire, laissez-la descendre paisiblement au tombeau; qu'elle puisse se dire à elle-même lorsqu'elle sera sur le point d'aller devant le grand juge, qu'elle a réparé sa faute autant qu'il étoit en elle; qu'elle puisse se flatter qu'après sa mort vous ne porterez point le trouble dans la maison, et que vous ne revendiquerez pas des droits que vous n'avez point. —Maman, lui dis-je, soyez tranquille là-dessus, faites venir un homme de loi, qu'il dresse un acte de renonciation, et je souscrirai à tout ce qu'il vous plaira. — Cela ne se peut; un enfant ne se déshérite pas lui-même, c'est le châtiment d'un père et d'une mère justement irrités; s'il plaisoit à Dieu de m'appeller demain, demain il faudroit que j'en vinsse à cette extrémité et que je m'ouvrisse à mon mari, afin de prendre de concert les mêmes mesures. Ne m'exposez point

à une indiscrétion qui me rendroit odieuse à ses yeux et qui entraîneroit des suites qui vous déshonoreroient. Si vous me survivez, vous resterez sans nom, sans fortune et sans état ; malheureuse, dites-moi ce que vous deviendrez ; quelles idées voulez-vous que j'emporte en mourant ? Il faudra donc que je dise à votre père...... Que lui dirai-je ? Que vous n'êtes pas son enfant!.... Ma fille, s'il ne falloit que se jetter à vos pieds pour obtenir de vous... Mais vous ne sentez rien, vous avez l'ame inflexible de votre père.....
—En ce moment M. Simonin entra ; il vit le désordre de sa femme, il l'aimoit ; il étoit violent, il s'arrêta tout court, et tournant des regards terribles sur moi, il me dit : sortez. S'il eût été mon père, je ne lui aurois pas obéi, mais il ne l'étoit pas. Il ajouta, en parlant au domestique qui m'éclairoit : dites-lui qu'elle ne reparoisse plus.

Je me renfermai dans ma petite prison. Je rêvai à ce que ma mère m'avoit dit; je me jettai à genoux, je priai Dieu qu'il m'inspirât; je priai longtems, je demeurai le visage collé contre terre : on n'invoque presque jamais la voix du ciel que quand on ne sait à quoi se résoudre, et il est rare alors qu'elle ne nous conseille pas d'obéir. Ce fut le parti que je pris. On veut que je sois religieuse, peut-être est-ce aussi la volonté de Dieu ; eh bien! je le serai : puisqu'il faut que je sois malheureuse, qu'importe où je le sois !.... Je priai celle qui me servoit de m'avertir quand mon père seroit sorti. Dès le lendemain je demandai à ma mère de la voir ; elle me fit répondre qu'elle avoit promis le contraire à M. Simonin, mais que je pouvois lui écrire avec un crayon qu'on me donna. J'écrivis donc sur un bout de papier (ce fatal papier s'est retrouvé, et l'on ne s'en est que trop bien servi contre moi.) « Maman, je suis » fâchée de toutes les peines que je » vous ai causées, je vous en demande » pardon; mon dessein est de les finir. » Ordonnez de moi tout ce qu'il vous » plaira; si c'est votre volonté que » j'entre en religion, je souhaite que » ce soit aussi celle de Dieu »..... La servante prit cet écrit et le porta à ma mère. Elle remonta un moment après, et elle me dit avec transport : mademoiselle, puisqu'il ne falloit qu'un mot pour faire le bonheur de votre père, de votre mère et le vôtre, pourquoi s'être fait prier si long-tems? Monsieur et madame ont un visage que je ne leur ai jamais vu depuis que je suis ici, ils se querelloient sans cesse à votre sujet, dieu merci je ne verrai plus cela.... Tandis qu'elle me parloit, je pensois que je venois de signer mon arrêt de mort; et ce pressentiment, monsieur, se vérifiera si vous m'abandonnez. Quelques jours se passèrent sans que j'entendisse parler de rien; mais un matin, sur les neuf heures, ma porte s'ouvrit brusquement, c'étoit M. Simonin qui entroit en robe-de-chambre et en bonnet de nuit. Depuis que je savois qu'il n'étoit pas mon père, sa présence ne me causoit que de la terreur. Je me levai, je lui fis la révérence. Il me sembla que j'avois deux cœurs : je ne pouvois penser à ma mère sans m'attendrir, sans avoir envie de pleurer; il n'en étoit pas ainsi de M. Simonin. Il est sûr qu'un père inspire une sorte de sentiment qu'on n'a pour personne au monde que lui ; on ne sait pas cela sans s'être trouvé comme moi vis-à-vis d'un homme qui a porté long-tems, et qui vient de perdre cet auguste caractère ; les autres l'ignoreront toujours. Si je passois de sa présence à celle de ma mère, il me sembloit que j'étois une autre. Il me dit : Suzanne, reconnoissez-vous ce billet ? — Oui, monsieur. — L'avez - vous écrit librement ? — Je ne saurois dire qu'oui. — Etes-vous du moins résolue à exécuter ce qu'il promet ? — Je le suis. — N'avez-vous de prédilection pour aucun couvent ? — Non, ils me sont indifférens. — Il suffit. Voilà ce que je répondis, mais malheureusement cela ne ſut point écrit. Pendant une quinzaine que je passai sans entendre parler de rien, il me parut qu'on s'étoit adressé à différentes maisons religieuses, et que le scandale de ma démarche avoit empêché qu'on ne me reçût postulante. On fut moins difficile à Longchamp, et cela sans doute parce qu'on insinua que j'étois musicienne et que j'avois de la voix. On m'exagéra bien les peines qu'on avoit eues et la grace qu'on me faisoit de m'accepter dans cette maison, on m'engagea même à écrire à la supérieure. Je ne sentois pas les suites de ce témoignage par écrit qu'on exigeoit, on craignoit apparemment qu'un jour je ne revinsse contre mes vœux ; on vouloit avoir une attestation de ma propre main qu'ils avoient été libres ; sans ce motif, comment cette lettre, qui devoit rester entre les mains de la supérieure, auroit-elle passé dans la suite entre les mains de mes beau-frères ? Mais fermons vîte les yeux là-dessus, ils me montrent M. Simonin comme je ne veux pas le voir ; il n'est plus. Je fus conduite à Longchamp, ce fut ma mère qui m'accompagna. Je ne demandai point à dire adieu à M. Simonin, j'avoue que la pensée ne m'en vint qu'en chemin. On m'attendoit ; j'étois annoncée par mon histoire et par mes talens ; on ne me dit rien de l'une, mais on fut très-pressé de voir si l'acquisition qu'on faisoit en valoit la peine. Lorsqu'on se fut entretenu de beaucoup de choses indifférentes, car après ce qui m'étoit arrivé, vous pensez bien qu'on ne me parla ni de Dieu, ni de vocation, ni des dangers du monde, ni de la douceur de la vie religieuse, et qu'on ne hasarda pas un mot des pieuses fadaises dont on remplit ces premiers momens. La supérieure dit : Mademoiselle, vous savez la musique, vous chantez ; nous avons un clavecin, si vous voulez nous irons dans notre parloir. J'avois l'ame serrée, mais ce n'étoit pas le moment de marquer de la répugnance ; ma mère passa, je la suivis, la supérieure ferma la marche avec quelques religieuses que la curiosité avoit attirées. C'étoit le soir, on m'apporta des bougies, je m'assis, je me mis au clavecin ; je préludai long-tems, cherchant un morceau de musique dans la tête, que j'en ai pleine, et n'en trouvai point ; cependant la supérieure me pressa, et je chantai sans y entendre finesse, par habitude, parce que le morceau m'étoit familier. *Tristes apprêts, pales flambeaux, jour plus affreux que les ténèbres, etc.* Je ne sais ce que cela produisit, mais on ne m'écouta pas long-tems, on m'interrompit par des éloges que je fus bien surprise d'avoir mérités si promptement et à si peu de frais. Ma mère me remit entre les mains de la supérieure, me donna sa main à baiser, et s'en retourna.

Me voilà donc dans une autre maison religieuse, et postulante, et avec toutes les apparences de postuler de mon plein gré. Mais vous, monsieur, qui connoissez jusqu'à ce moment tout ce qui s'est passé, qu'en pensez-vous? La plupart de ces choses ne furent point alléguées lorsque je voulus revenir contre mes vœux; les unes, parce que c'étoient des vérités destituées de preuves; les autres, parce qu'elles m'auroient rendue odieuse sans me servir : on n'auroit vu en moi qu'un enfant dénaturé, qui flétrissoit la mémoire de ses parens pour obtenir sa liberté. On avoit la preuve de ce qui étoit *contre* moi, ce qui étoit *pour* ne se pouvoit ni dire ni prouver. Je ne voulus pas même qu'on insinuât aux juges le soupçon de ma naissance ; mon avocat vouloit mettre en cause le directeur de ma mère et le mien, à plus forte raison ne le souffris-je pas. Mais à propos, de peur que je ne l'oublie et que l'envie de me servir ne vous empêche d'en faire la réflexion, sauf votre meilleur avis, je crois qu'il faut taire que je sais la musique et que je touche du clavecin ; il n'en faudroit pas davantage pour me décéler ; l'ostentation de ces talens ne va point avec l'obscurité et la sécurité que je cherche ; celles de mon état ne savent point ces choses, et il faut que je les ignore. Si je suis contrainte de m'expatrier, j'en ferai ma ressource. M'expatrier ! mais dites-moi pourquoi cette idée m'épouvante ? C'est que je ne sais où aller ; c'est que je suis jeune et sans expérience ; c'est que je crains les hommes et le vice ; c'est que j'ai toujours vécu renfermée ; et que si j'étois hors de Paris je me croirois perdue dans le monde. Tout cela n'est peut-être pas vrai, mais c'est ce que je sens. Monsieur, que je ne sache pas où aller, ni que devenir, cela dépend de vous.

Les supérieures de Longchamp, ainsi que dans la plupart des maisons religieuses, changent de trois ans en trois ans. C'étoit une madame de Moni qui entroit en charge lorsque je fus conduite dans la maison ; je ne puis vous en dire trop de bien ; c'est pourtant sa bonté qui m'a perdue. C'étoit une femme de sens qui connoissoit le cœur humain ; elle avoit de l'indulgence, quoique personne n'en eût moins besoin : nous étions toutes ses enfans. Elle ne voyoit jamais que les fautes qu'elle ne pouvoit s'empêcher d'appercevoir, ou dont l'importance ne lui permettoit pas de fermer les yeux : j'en parle sans intérêt ; j'ai fait mon devoir avec exactitude, et elle me me rendroit la justice que je n'en commis aucune dont elle eût à me punir ou qu'elle eût à me pardonner. Si elle avoit de la prédilection, elle lui étoit inspirée par le mérite ; après cela je ne sais s'il me convient de vous dire qu'elle m'aima tendrement, et que je ne fus pas des dernières entre ses favorites. Je sais que c'est un grand éloge que je me donne, plus grand que vous ne pouvez l'imaginer, ne l'ayant point connue : le nom de favorite est celui que les autres donnent par envie aux bien aimées de la supérieure. Si j'avois quelque défaut à reprocher à madame de Moni, c'est que son goût pour la vertu, la piété, la franchise, la douceur, les talens, l'honnêteté l'entraînoit ouvertement, et qu'elle n'ignoroit pas que celles qui n'y pouvoient prétendre n'en étoient que plus humiliées. Elle avoit aussi le don qui est peut-être plus commun en couvent que dans le monde, de discerner promptement les esprits : il étoit rare qu'une religieuse qui ne lui plaisoit pas d'abord lui plût jamais. Elle ne tarda pas à me prendre en gré, et j'eus tout d'abord la dernière confiance en elle; malheur à celles dont elle ne l'attiroit pas sans effort ! il falloit qu'elles fussent mauvaises, sans ressource, et qu'elles se l'avouassent. Elle m'entretint de mon aventure à Sainte-Marie ; je la lui racontai sans déguisement comme à vous, je lui dis tout ce que je viens de vous écrire ; et ce qui regardoit ma naissance, et ce qui tenoit à mes peines, rien ne fut oublié. Elle me plaignit, me consola, me fit espérer un avenir plus doux : cependant le tems du postulat se passa, celui de prendre l'habit arriva, et je le pris. Je fis mon noviciat sans dégoût : je passe rapidement sur ces deux années, parce qu'elles n'eurent rien de triste pour moi que le sentiment secret que je m'avançois pas à pas vers l'entrée d'un état pour lequel je n'étois point faite. Quelquefois il se renouvelloit avec force, mais aussi-tôt je recourois à ma bonne supérieure, qui m'embrassoit, qui développoit mon ame, qui m'exposoit fortement ses raisons, et qui finissoit toujours par me dire : et les autres états n'ont-ils pas aussi leurs épines ? On ne sent que les siennes. Allons, mon enfant, mettons-nous à genoux et prions..... — Alors elle se prosternoit et prioit haut, mais avec tant d'onction, d'éloquence, de douceur, d'élévation et de force, qu'on eût dit que l'esprit de dieu l'inspiroit. Ses pensées, ses expressions, ses images, pénétroient jusqu'au fond du cœur ; d'abord on l'écoutoit, peu-à-peu on étoit entraîné, on s'unissoit à elle, l'ame tressailloit, et l'on partageoit ses transports. Son dessein n'étoit pas de séduire, mais certainement c'est ce qu'elle faisoit ; on sortoit de chez elle avec un cœur ardent, la joie et l'extase étoient peintes sur le visage ; on versoit des larmes si douces ! c'étoit une impression qu'elle prenoit elle-même, qu'elle gardoit long-tems et qu'on conservoit. Ce n'est pas à ma seule expérience que je m'en rapporte, c'est à celle de toutes les religieuses. Quelques-unes m'ont dit qu'elles sentoient naître en elles le besoin d'être consolées comme celui d'un très-grand plaisir, et je crois qu'il ne m'a manqué qu'un peu plus d'habitude pour en venir là. J'éprouvai cependant, à l'approche de ma profession, une mélancolie si profonde qu'elle mit ma bonne supérieure à de terribles épreuves : son talent l'abandonna, elle me l'avoua elle-même. Je ne sais, me dit-elle, ce qui se passe en moi ; il me semble, quand vous venez, que Dieu se retire et que son esprit se taise ; c'est inutilement que je m'excite, que je cherche des idées, que je veux exalter mon ame, je me trouve une femme ordinaire et bornée ; je crains de parler.... Ah ! chère mère, lui dis-je, quel pressentiment ! Si c'étoit Dieu qui vous rendît muette !.... Un jour que je me sentois plus incertaine et plus abattue que jamais, j'allai dans sa cellule ; ma présence l'interdit d'abord : elle lut apparemment dans mes yeux, dans toute ma personne, que le sentiment profond que je portois en moi étoit au-dessus de ses forces, et elle ne vouloit pas lutter sans la certitude d'être victorieuse. Cependant elle m'entreprit, elle s'échauffa peu-à-peu ; à mesure que ma douleur tomboit, son enthousiasme croissoit : elle se jetta subitement à genoux, je l'imitai. Je crus que j'allois partager son transport, je le souhaitois ; elle prononça quelques mots, puis tout-à-coup elle se tut. J'attendis inutilement ; elle ne parla plus ; elle se releva ; elle fondoit en larmes ; elle me prit par la main, et me serrant entre ses bras : ah ! chère enfant, me dit-elle, quel effet cruel vous avez opéré sur moi! Voilà qui est fait, l'esprit s'est retiré, je le sens; allez, que Dieu vous parle lui-même, puisqu'il ne lui plaît pas de se faire entendre par moi.... En effet, je ne sais ce qui s'étoit passé en elle, si je lui avois inspiré une méfiance de ses forces qui ne s'est plus dissipée, si je l'avois rendue timide, ou si j'avois vraiment rompu son commerce avec le ciel; mais le talent de consoler ne lui revint plus. La veille de ma profession j'allai la voir: elle étoit d'une mélancolie égale à la mienne. Je me mis à pleurer, elle aussi; je me jettai à ses pieds, elle me bénit, me releva, m'embrassa et me renvoya en disant: je suis lassée de vivre, je souhaite de mourir; j'ai demandé à Dieu de ne point voir ce jour, mais ce n'est pas sa volonté. Allez, je parlerai à votre mère; je passerai la nuit en prières: priez aussi; mais couchez-vous, je vous l'ordonne.... Permettez, lui répondis-je, que je m'unisse à vous.... Je vous le permets depuis neuf heures jusqu'à onze, pas davantage, pas davantage. A neuf heures et demie je commencerai à prier, et vous aussi ; mais à onze heures vous me laisserez prier seule, et vous vous reposerez. Allez, chère enfant, je veillerai devant Dieu le reste de la nuit.

Elle voulut prier, mais elle ne le put pas. Je dormois ; et cependant cette sainte femme alloit dans les corridors, frappant à chaque porte, éveilloit les religieuses et les faisoit descendre sans bruit dans l'église. Toutes s'y rendirent ; et, lorsqu'elles y furent, elle les invita à s'adresser au ciel pour moi. Cette prière se fit d'abord en silence, ensuite elle éteignit les lumières ; toutes récitèrent ensemble le *miserere*, excepté la supérieure, qui, prosternée au pied des autels, se macéroit cruellement, en disant : O Dieu ! si c'est par quelque faute que j'ai commise que vous vous êtes retiré de moi, accordez-m'en le pardon. Je ne demande pas que vous me rendiez le don que vous m'avez ôté, mais que vous vous adressiez vous-même à cette innocente qui dort, tandis que je vous invoque ici pour elle. Mon Dieu, parlez-lui, parlez à ses parens, et pardonnez-moi.

Le lendemain, elle entra de bonne-heure dans ma cellule : je ne l'entendis point, je n'étois pas encore éveillée. Elle s'assit à côté de mon lit; elle avoit posé légèrement une de ses mains sur mon front; elle me regardoit : l'inquiétude, le trouble et la douleur se succédoient sur son visage, et c'est ainsi qu'elle me parut lorsque j'ouvris les yeux. Elle ne me parla point de ce qui s'étoit passé pendant la nuit, elle me demanda seulement si je m'étois couchée de bonne-heure; je lui répondis : à l'heure que vous m'avez ordonné. — Si j'avois reposé. — Profondément. — Je m'y attendois.... — Comment je me trouvois. — Fort bien. Et vous, chère mère? — Hélas! me dit-elle, je n'ai vu aucune personne entrer en religion, sans inquiétude, mais je n'ai éprouvé sur aucune autant de trouble que sur vous. Je voudrois bien que vous fussiez heureuse. — Si vous m'aimez toujours, je le serai. — Ah! s'il ne tenoit qu'à cela! N'avez-vous pensé à rien pendant la nuit? — Non. — Vous n'avez fait aucun rêve? — Aucun. — Qu'est-ce qui se passe à présent dans votre ame? — Je suis stupide, j'obéis à mon sort sans répugnance et sans goût, je sens que la nécessité m'entraîne, et je me laisse aller. Ah! ma chère mère, je ne sens rien de cette douce joie, de ce tressaillement, de cette mélancolie, de cette douce inquiétude que j'ai quelquefois remarqués dans celles qui se trouvoient au moment où je suis. Je suis imbécile, je ne saurois même pleurer. On le veut, il le faut, est la seule idée qui me vienne.... Mais vous ne me dites rien. — Je ne suis pas venue pour vous entretenir, mais pour vous voir et pour vous écouter. J'attends votre mère ; tâchez de ne pas m'émouvoir ; laissez les sentimens s'accumuler dans mon ame ; quand elle en sera pleine, je vous quitterai. Il faut que je me taise : je me connois ; je n'ai qu'un jet, mais il est violent, et ce n'est pas avec vous qu'il doit s'exhaler. Reposez-vous encore un moment, que je vous voie ; dites-moi seulement quelques mots, et laissez-moi prendre ici ce que je viens y chercher. J'irai, et Dieu fera le reste.... — Je me tus, je me penchai sur mon oreiller, je lui tendis une de mes mains qu'elle prit. Elle paroissoit méditer et méditer profondément ; elle avoit les yeux fermés avec effort : quelquefois elle les ouvroit, les portoit en haut et les ramenoit sur moi ; elle s'agitoit, son ame se remplissoit de tumulte, se composoit et se r'agitoit ensuite. En vérité cette femme étoit née pour être prophêtesse : elle en avoit le visage et le caractère. Elle avoit été belle ; mais l'âge, en affaissant ses traits et y pratiquant de grands plis, avoit encore ajouté de la dignité à sa physionomie. Elle avoit les yeux petits ; mais ils sembloient ou regarder en elle-même, ou traverser les objets voisins et démêler au-delà, à une grande distance, toujours dans le passé ou dans l'avenir : elle me serroit quelquefois la main avec force : elle demanda brusquement quelle heure il étoit. — Il est bientôt six heures. — Adieu, je m'en vais. On va venir vous habiller : je n'y veux pas être, cela me distrairoit. Je n'ai plus qu'un souci, c'est de garder de la modération dans les premiers momens.

Elle étoit à peine sortie que la mère des novices et mes compagnes arrivèrent ; on m'ôta les habits de religion, et l'on me revêtit des habits du monde ; c'est un usage que vous connoissez. Je n'entendis rien de ce qu'on disoit autour de moi, j'étois presque réduite à l'état d'automate, je ne m'apperçus de rien ; j'avois, seulement par intervalles, comme de petits mouvemens convulsifs. On me disoit ce qu'il falloit faire ; on étoit souvent obligé de me le répéter, car je n'entendois pas de la première fois, et je le faisois ; ce n'étoit pas que je pensasse à autre chose, c'est que j'étois absorbée ; j'avois la tête lasse comme quand on s'est excédé de réflexion. Cependant la supérieure s'entretenoit avec ma mère. Je n'ai jamais su ce qui s'étoit passé dans cette entrevue qui dura fort longtems ; on m'a dit seulement que, quand elles se séparèrent, ma mère étoit si troublée qu'elle ne pouvoit retrouver la porte par laquelle elle étoit entrée,

trée, et que la supérieure étoit sortie les mains fermées et appuyées contre le front.

Cependant les cloches sonnèrent; je descendis. L'assemblée étoit peu nombreuse. Je fus prêchée bien ou mal, je n'entendis rien : on disposa de moi pendant toute cette matinée qui a été nulle dans ma vie, car je n'en ai jamais connu la durée; je ne sais ni ce que j'ai fait, ni ce que j'ai dit. On m'a sans doute interrogée, j'ai sans doute répondu ; j'ai prononcé des vœux, mais je n'en ai nulle mémoire, et je me suis trouvée religieuse aussi innocemment que je fus faite chrétienne; je n'ai pas plus compris à toute la cérémonie de ma profession qu'à celle de mon baptême, avec cette différence que l'une confère la grace et que l'autre la suppose. Eh bien! monsieur, quoique je n'aie pas réclamé à Longchamp comme j'avois fait à Sainte-Marie, me croyez-vous plus engagée? J'en appelle à votre jugement ; j'en appelle au jugement de Dieu. J'étois dans un état d'abattement si profond que quelques jours après, lorsqu'on m'annonça que j'étois de chœur, je ne sus ce qu'on vouloit dire. Je demandai s'il étoit bien vrai que j'eusse fait profession ; je voulus voir la signature de mes vœux ; il fallut joindre à ces preuves le témoignage de toute la communauté, celui de quelques étrangers qu'on avoit appelés à la cérémonie. M'adressant plusieurs fois à la supérieure, je lui disois : cela est donc bien vrai ?... et je m'attendois toujours qu'elle m'alloit répondre : non, mon enfant, on vous trompe... Son assurance réitérée ne me convainquoit pas, ne pouvant concevoir que, dans l'intervalle d'un jour entier, aussi tumultueux, aussi varié, si plein de circonstances singulières et frappantes, je ne m'en rappelasse aucune, pas même le visage de celles qui m'avoient servie, ni celui du prêtre qui m'avoit prêchée, ni celui qui avoit reçu mes vœux, le changement de l'habit religieux en habit du monde est la seule chose dont je me ressouvienne; depuis cet instant j'ai été ce qu'on appelle physiquement aliénée. Il a fallu des mois entiers pour me tirer de cet état, et c'est à la longueur de cette espèce de convalescence que j'attribue l'oubli profond de ce qui s'est passé; c'est comme ceux qui ont souffert une longue maladie, qui ont parlé avec jugement, qui ont reçu les sacremens et qui, rendus à la santé, n'en ont aucune mémoire. J'en ai vu plusieurs exemples dans la maison, et je me suis dit à moi-même: voilà apparemment ce qui m'est arrivé le jour que j'ai fait profession. Mais il reste à savoir si ces actions sont de l'homme, et s'il y est, quoiqu'il paroisse y être.

Je fis dans la même année trois pertes intéressantes: celle de mon père, ou plutôt de celui qui passoit pour tel ; il étoit âgé, il avoit beaucoup travaillé, il s'éteignit : celle de ma supérieure et celle de ma mère.

Cette digne religieuse sentit de loin son heure approcher ; elle se condamna au silence, elle fit porter sa bière dans sa chambre. Elle avoit perdu le sommeil, et elle passoit les jours et les nuits à méditer et à écrire ; elle a laissé quinze méditations qui me semblent à moi de la plus grande beauté : j'en ai une copie. Si quelque jour vous étiez curieux de voir les idées que cet instant suggère, je vous les communiquerois ; elles sont intitulées : *les derniers instans de la sœur Moni.*

A l'approche de sa mort, elle se fit habiller ; elle étoit étendue sur son lit : on lui administra les derniers sacremens ; elle tenoit un christ entre ses bras. C'étoit la nuit : la lueur des flambeaux éclairoit cette scène lugubre. Nous l'entourions, nous fondions en larmes, sa cellule retentissoit de cris, lorsque tout-à-coup ses yeux brillèrent; elle se releva brusquement, elle parla; sa voix étoit presque aussi forte que dans l'état de santé; le don qu'elle avoit perdu lui revint: elle nous reprocha des larmes qui sembloient lui envier un bonheur éternel. — Mes enfans, votre douleur vous en impose. C'est-là, c'est-là, disoit-elle en montrant le ciel, que je vous servirai; mes yeux s'abaisseront sans cesse sur cette maison, j'intercéderai pour vous et je serai exaucée. Approchez toutes que je vous embrasse, venez recevoir ma bénédiction et mes adieux.... C'est en prononçant ces dernières paroles que cette femme rare, qui a laissé après elle des regrets qui ne finiront point, trépassa.

Ma mère mourut au retour d'un petit voyage qu'elle fit sur la fin de l'automne, chez une de ses filles. Elle eut du chagrin, sa santé avoit été fort affoiblie. Je n'ai jamais su ni le nom de mon père, ni l'histoire de ma naissance. Celui qui avoit été son directeur et le mien, me remit de sa part un petit paquet, c'étoient cinquante louis avec un billet, enveloppés et cousus dans un morceau de linge. Il y avoit dans ce billet : « Mon enfant, c'est peu de » chose, mais ma conscience ne me » permet pas de disposer d'une plus » grande somme ; c'est le reste de ce » que j'ai pu économiser sur les petits » présens de M. Simonin. Vivez sain- » tement, c'est le mieux même pour » votre bonheur dans ce monde. Priez » pour moi ; votre naissance est la » seule faute importante que j'ai com- » mise, aidez-moi à l'expier, et que » Dieu me pardonne de vous avoir » mise au monde, en considération des » bonnes œuvres que vous ferez. Sur- » tout ne troublez point la famille ; et » quoique le choix de l'état que vous

» avez embrassé n'ait pas été aussi
» volontaire que je l'aurois desiré,
» craignez d'en changer. Que n'ai-je
» été renfermée dans un couvent pen-
» dant toute ma vie ! je ne serois pas
» si troublée de la pensée qu'il faut
» dans un moment subir le redoutable
» jugement. Songez, mon enfant, que
» le sort de votre mère dans l'autre
» monde dépend beaucoup de la con-
» duite que vous tiendrez dans celui-
» ci ; Dieu, qui voit tout, m'applique-
» ra dans sa justice tout le bien et tout
» le mal que vous ferez. Adieu, Su-
» zanne ; ne demandez rien à vos
» sœurs, elles ne sont pas en état de
» vous secourir ; n'espérez rien de votre
» père, il m'a précédée ; il a vu le
» grand jour ; il m'attend, ma pré-
» sence sera moins terrible pour lui
» que la sienne pour moi. Adieu en-
» core une fois. Ah ! malheureuse
» mère ! Ah ! malheureuse enfant ! vos
» sœurs sont arrivées, je ne suis pas

» contente d'elles ; elles prennent, » elles emportent, elles ont, sous les » yeux d'une mère qui se meurt, des » querelles d'intérêt qui m'affligent. » Quand elles s'approchent de mon lit, » je me retourne de l'autre côté ; que » verrois-je en elles ? deux créatures » en qui l'indigence a éteint le senti- » ment de la nature. Elles soupirent » après le peu que je laisse, elles font » au médecin et à la garde des ques- » tions indécentes qui marquent avec » quelle impatience elles attendent le » moment où je m'en irai, et qui les » saisira de tout ce qui m'environne. » Elles ont soupçonné, je ne sais com- » ment, que je pouvois avoir quelque » argent caché entre mes matelas ; il » n'y a rien qu'elles n'aient mis en » œuvre pour me faire lever, et elles » y ont réussi, mais heureusement » mon dépositaire étoit venu la veille » et je lui avois remis ce petit paquet » avec cette lettre qu'il a écrite sous

» ma dictée. Brûlez la lettre, et quand » vous saurez que je ne suis plus, ce » qui sera bientôt, vous ferez dire une » messe pour moi, et vous y renou- » vellerez vos vœux, car je desire tou- » jours que vous demeuriez en reli- » gion; l'idée de vous imaginer dans » le monde, sans secours, sans appui, » jeune, achèveroit de troubler mes » derniers instans. »

Mon père mourut le 5 janvier, ma supérieure sur la fin du même mois, et ma mère la seconde fête de Noël.

Ce fut la sœur Ste-Christine qui succéda à la mère de Moni. Ah! monsieur, quelle différence entre l'une et l'autre! Je vous ai dit quelle femme c'étoit que la première. Celle-ci avoit le caractere petit, une tête étroite et brouillée de superstitions; elle donnoit dans les opinions nouvelles; elle conféroit avec des Sulpiciens, des Jésuites. Elle prit en aversion toutes les favorites de celle qui l'avoit précédée; en un moment la maison fut pleine de troubles, de haines, de médisances, d'accusations, de calomnies et de persécutions; il fallut s'expliquer sur des questions de théologie où nous n'entendions rien, souscrire à des formules, se plier à des pratiques singulières. La mère Moni n'approuvoit point ces exercices de pénitence qui se font sur le corps ; elle ne s'étoit macérée que deux fois dans sa vie : une fois la veille de ma profession, une autre fois dans une pareille circonstance. Elle disoit de ces pénitences, qu'elles ne corrigeoient d'aucun défaut, et qu'elles ne servoient qu'à donner de l'orgueil. Elle vouloit que ses religieuses se portassent bien, et qu'elles eussent le corps sain et l'esprit serein. La première chose qu'elle fit lorsqu'elle entra en charge, ce fut de se faire apporter tous les cilices avec les disciplines, et de défendre d'altérer les alimens avec de la cendre, de coucher sur la dure et de se pourvoir d'aucun de ces instrumens. La seconde, au contraire, renvoya à chaque religieuse son cilice et sa discipline, et fit retirer l'ancien et le nouveau testament. Les favorites du règne antérieur ne sont jamais les favorites du règne qui suit. Je fus indifférente, pour ne rien dire de pis, à la supérieure actuelle, par la raison que la précédente m'avoit chérie; mais je ne tardai pas à empirer mon sort par des actions que vous appellerez ou imprudence, ou fermeté, selon le coup-d'œil sous lequel vous le considérerez. La première, ce fut de m'abandonner à toute la douleur que je ressentois de la perte de notre première supérieure, d'en faire l'éloge en toute circonstance, d'occasionner entr'elle et celle qui nous gouvernoit des comparaisons qui n'étoient pas favorables à celle-ci; de peindre l'état de la maison sous les années passées; de rappeler au souvenir la paix dont nous jouissions, l'indulgence qu'on avoit pour nous, la nourriture, tant spirituelle que temporelle, qu'on nous administroit alors, et d'exalter les mœurs, les sentimèns, le caractère de la sœur Moni. La seconde, ce fut de jetter au feu le cilice, et de me défaire de ma discipline, de prêcher mes amies là-dessus, et d'en engager quelques-unes à suivre mon exemple. La troisième, de me pourvoir d'un ancien et d'un nouveau testament. La quatrième, de rejetter tout parti, de m'en tenir au titre de chrétienne, sans accepter le nom de Janséniste ou de Moliniste. La cinquième, de me renfermer rigoureusement dans la règle de la maison, sans vouloir rien faire ni en-delà, ni en-deçà, conséquemment de ne me prêter à aucune action surérogatoire, celles d'obligation ne me paroissant déjà que trop pures; de ne monter à l'orgue que les jours de fête, de ne chanter que quand je serois de chœur; de ne plus souffrir qu'on qu'on abusât de ma complaisance et de mes talens, et qu'on me mît à tout et tous les jours. Je lus les constitutions, je les relus, je les savois par cœur ; si l'on m'ordonnoit quelque chose, ou qui n'y fût pas exprimé clairement, ou qui n'y fût pas, ou qui m'y parût contraire, je m'y refusois fermement, je prenois le livre, et je disois : voilà les engagemens que j'ai pris, et je n'en ai point pris d'autres..... Mes discours en entraînèrent quelques-unes. L'autorité des maîtresses se trouva très-bornée : elles ne pouvoient plus disposer de nous comme de leurs esclaves : il ne se passoit presque aucun jour sans quelque scène d'éclat. Dans les cas incertains, mes compagnes me consultoient, et j'étois toujours pour la règle contre le despotisme. J'eus bientôt l'air et peut-être le jeu d'une factieuse. Les grands vicaires de M. l'archevêque étoient sans cesse appelés. Je comparoissois, je me défendois, je défendois mes compagnes, et il n'est pas arrivé une seule fois qu'on m'ait condamnée, tant j'avois d'attention à mettre la raison de mon côté : il étoit impossible de m'attaquer du côté de mes devoirs, je les remplissois avec scrupule. Quant aux petites graces qu'une supérieure est toujours libre de refuser ou d'accorder, je n'en demandois point. Je ne paroissois point au parloir, et des visites, ne connoissant personne, je n'en recevois point. Mais j'avois brûlé mon cilice, et jetté-là ma discipline ; j'avois conseillé la même chose à d'autres ; je ne voulois entendre parler Jansénisme, ni Molinisme, ni en bien ni en mal. Quand on me demandoit si j'étois soumise à la constitution, je répondois que je l'étois à l'église ; si j'acceptois la bulle, que j'acceptois l'évangile. On visita ma cellule, on y découvrit l'ancien et le nouveau testament. Je m'étois échappée en distours indiscrets sur l'intimité suspecte de quelques-unes des favorites ; la supérieure avoit des tête-à-tête fort longs et fréquens avec un jeune ecclésiastique, et j'en avois démêlé la raison et le prétexte. Je n'omis rien de ce qui pouvoit me faire craindre, haïr, me perdre, et j'en vins à bout. On ne se plaignit plus de moi aux supérieurs, mais on s'occupa à me rendre la vie dure. On défendit aux autres religieuses de m'approcher, et bientôt je me trouvai seule. J'avois des amies en petit nombre ; on se douta qu'elles chercheroient à se dédommager à la dérobée de la contrainte qu'on leur imposoit, et que, ne pouvant s'entretenir le jour avec moi, elles me visiteroient la nuit ou à des heures défendues ; on nous épia ; on me surprit, tantôt avec l'une, tantôt avec une autre ; l'on fit de cette imprudence tout ce qu'on voulut, et j'en fus châtiée de la manière la plus inhumaine : on me condamna des semaines entières à passer l'office à genoux, séparée du reste, au milieu du chœur; à vivre de pain et d'eau; à demeurer enfermée dans ma cellule; à satisfaire aux fonctions les plus viles de la maison. Celles qu'on appeloit mes complices, n'étoient guère mieux traitées. Quand on ne pouvoit me trouver en faute, on m'en supposoit; on me donnoit à-la-fois des ordres incompatibles, et l'on me punissoit d'y avoir manqué; on avançoit les heures des offices, des repas; on dérangeoit à mon insu toute la conduite claustrale, et avec l'attention la plus grande, je me trouvai coupable tous les jours, et j'étois tous les jours punie. J'ai du courage, mais il n'en est point qui tienne contre l'abandon, la solitude et la persécution. Les choses en vinrent au point qu'on se fit un jeu de me tourmenter : c'étoit l'amusement de cinquante personnes liguées. Il m'est impossible d'entrer dans tout le petit détail de ces méchancetés : on m'empêchoit de dormir, de veiller, de prier. Un our on me voloit quelques parties de mon vêtement ; une autre fois c'étoient mes clefs ou mon bréviaire ; ma serrure se trouvoit embarrassée ; ou l'on m'empêchoit de bien faire, ou l'on dérangeoit les choses que j'avois bien faites ; on me supposoit des actions et des discours ; on me rendoit responsable de tout, et ma vie étoit une suite continuelle de délits réels ou simulés, et de châtimens. Ma santé ne tint point à des épreuves si longues et si dures, je tombai dans l'abattement, le chagrin et la mélancolie. J'allois dans les commencemens chercher de la force au pied des autels, et j'y en trouvois quelquefois. Je flottois entre la résignation et le désespoir, tantôt me soumettant à toute la rigueur de mon sort, tantôt pensant à m'en affranchir par des moyens violens. Il y avoit au fond du jardin un puits profond : combien de fois j'y suis allée ! combien j'y ai regardé de fois ! Il y avoit à côté un banc de pierre : combien de fois je m'y suis assise, la tête appuyée sur les bords de ce puits ! Combien de fois, dans le tumulte de mes idées, me suis-je levée brusquement et résolue à finir mes peines ! Qu'est-ce qui m'a retenue ? Pourquoi préférois-je alors de pleurer, de crier à haute voix, de fouler mon voile aux pieds, de m'arracher les cheveux et de me déchirer le visage avec les ongles ? Si c'étoit Dieu qui m'empêchoit de me perdre, pourquoi ne pas arrêter aussi tous ces autres mouvemens ? Je vais vous dire une chose qui vous paroîtra fort étrange, peut-être, et qui n'en est pas moins vraie, c'est que je ne doute point que mes visites fréquentes vers ce puits n'aient été remarquées, et que mes cruelles ennemies ne se soient flattées qu'un jour j'accomplirois un dessein qui bouilloit au fond de mon cœur. Quand j'allois de ce côté, on affectoit de s'en éloigner et de regarder ailleurs. Plusieurs fois j'ai trouvé la porte du jardin ouverte à des heures où elle devoit être fermée, singulièrement les jours où l'on avoit multiplié sur moi les chagrins, où l'on avoit poussé à bout la violence de mon caractère, et où l'on me croyoit l'esprit aliéné. Mais aussi-tôt que je crus avoir deviné que ce moyen de sortir de la vie étoit pour ainsi dire offert à mon désespoir, qu'on me conduisoit à ce puits par la main, et que je le trouverois toujours prêt à me recevoir, je ne m'en souciois plus. Mon esprit se tourna vers d'autres côtés : je me tenois dans les corridors et mesurois la hauteur des fenêtres ; le soir, en me déshabillant, j'essayois sans y penser la force de mes jarretières ; un autre jour je refusois le manger ; je descendois au réfectoire et je restois le dos appuyé contre la muraille, les mains pendantes à mes côtés, les yeux fermés, et je ne touchois pas aux mets qu'on avoit servis devant moi; je m'oublois si parfaitement dans cet état, que toutes les religieuses étoient sorties, et je restois. On affectoit alors de se retirer sans bruit, et l'on me laissoit-là; puis on me punissoit d'avoir manqué aux exercices. Que vous dirai-je ? On me dégoûta de presque tous les moyens de m'ôter la vie, parce qu'il me sembla que, loin de s'y opposer, on me les présentoit. Nous ne voulons pas apparemment qu'on nous pousse hors de ce monde, et peut-être n'y serois-je plus si elles avoient fait semblant de m'y retenir. Quand on s'ôte la vie, peut-être cherche-t-on à désespérer les autres, et la garde-t-on quand on croit les satisfaire; ce sont des mouvemens qui se passent bien subtilement en nous. En vérité, s'il est possible que je me rappelle mon état quand j'étois à côté du puits, il me semble que je criois au-dedans de moi à ces malheureuses qui s'éloignoient pour favoriser un forfait : faites un pas de mon côté, montrez-moi le moindre desir de me sauver, accourez pour me retenir, et soyez sûres que vous arriverez trop tard.... En vérité, je ne vivois que parce qu'elles souhaitoient ma mort. L'acharnement à tourmenter et à perdre se lasse dans le monde, il ne se lasse point dans les cloîtres.

J'en étois là, lorsque revenant sur ma vie passée, je songeai à faire résilier mes vœux. J'y rêvai d'abord légèrement; seule, abandonnée, sans appui, comment réussir dans un projet si difficile, même avec tous les secours qui me manquoient? Cependant cette idée me tranquillisa, mon esprit se rassit, je fus plus à moi; j'évitai des peines, et je supportai plus patiemment celles qui me venoient.

On remarqua ce changement, et l'on en fut étonné ; la méchanceté s'arrêta tout court, comme un ennemi lâche qui vous poursuit, et à qui l'on fait face au moment où il ne s'y attend pas. Une question, monsieur, que j'aurois à vous faire, c'est pourquoi à travers toutes les idées funestes qui passent par la tête d'une religieuse désespérée, celle de mettre le feu à la maison ne lui vient point. Je ne l'ai point eue, ni d'autres non plus, quoique ce soit la chose la plus facile à exécuter : il ne s'agit, un jour de grand vent, que de porter un flambeau dans un grenier, dans un bûcher, dans un corridor. Il n'y a point de couvens brûlés, et cependant dans ces évènemens les portes s'ouvrent, et sauve qui peut. Ne seroit-ce pas qu'on craint le péril pour soi et pour celles qu'on aime, et qu'on dédaigne un secours qui nous est commun avec celles qu'on hait ? Cette dernière idée est bien subtile pour être vraie.

A force de s'occuper d'une chose, on en sent la justice et même l'on en croit la possibilité ; on est bien fort, quand on en est-là. Ce fut pour moi l'affaire d'une quinzaine ; mon esprit va vîte. De quoi s'agissoit-il ? De dresser un mémoire et de le donner à consulter ; l'un et l'autre n'étoient pas sans danger. Depuis qu'il s'étoit fait une révolution dans ma tête, on m'observoit avec plus d'attention que jamais ; on me suivoit de l'œil, je ne faisois pas un pas qui ne fût éclairé, je ne disois pas un mot qu'on ne le pesât. On se rapprocha de moi, on chercha à me sonder ; on m'interrogeoit, on affectoit de la commisération et de l'amitié ; on revenoit sur ma vie passée, on m'accusoit foiblement, on m'excusoit, on espéroit une meilleure conduite, on me flattoit d'un avenir plus doux ; cependant on entroit à tout moment dans ma cellule, le jour, la nuit, sous des prétextes ;

brusquement, sourdement, on entr'ouvroit mes rideaux et l'on se retiroit. J'avois pris l'habitude de coucher habillée; j'en avois une autre, c'étoit celle d'écrire ma confession. Ces jours-là, qui sont marqués, j'allois demander de l'encre et du papier à la supérieure, qui ne m'en refusoit pas. J'attendis donc le jour de la confession, et en l'attendant je rédigeois dans ma tête ce que j'avois à proposer, c'étoit en abrégé tout ce que je viens de vous écrire; seulement je m'expliquois sous des noms empruntés. Mais je fis trois étourderies: la première de dire à la supérieure que j'aurois beaucoup de choses à écrire, et de lui demander sous ce prétexte plus de papier qu'on n'en accorde; la seconde, de m'occuper de mon mémoire, et de laisser là ma confession; et la troisième, n'ayant point fait de confession et n'étant point préparée à cet acte de religion, de ne demeurer

au

au confessionnal qu'un instant. Tout cela fut remarqué, et l'on en conclut que le papier que j'avois demandé avoit été employé autrement que je ne l'avois dit. Mais, s'il n'avoit pas servi à ma confession, comme il étoit évident, quel usage en avois-je fait ? Sans savoir qu'on prendroit ces inquiétudes, je sentis qu'il ne falloit pas qu'on trouvât chez moi un écrit de cette importance ; d'abord je pensai à le coudre dans mon traversin ou dans mes matelas, puis à le cacher dans mes vêtemens, à l'enfouir dans le jardin ; à le jetter au feu. Vous ne sauriez croire combien je fus pressée de l'écrire, et combien j'en fus embarassée quand il fut écrit. D'abord je le cachetai, ensuite je le serrai dans mon sein, et j'allai à l'office qui sonnoit. J'étois dans une inquiétude qui se décéloit à mes mouvemens. J'étois assise à côté d'une jeune religieuse qui m'aimoit ; quelquefois je l'avois vue me regarder en pitié, et verser des larmes : elle ne me parloit point, mais certainement elle souffroit. Au risque de tout ce qui pourroit en arriver, je résolus de lui confier mon papier ; dans un moment d'oraison où toutes les religieuses se mettent à genoux, s'inclinent et sont comme plongées dans leurs stalles, je tirai doucement le papier de mon sein, et je le lui tendis derrière moi, elle le prit et le serra dans son sein. Ce service fut le plus important de ceux qu'elle m'avoit rendus, mais j'en avois reçu beaucoup d'autres ; elle s'étoit occupée des mois entiers à lever sans se compromettre, tous les petits obstacles qu'on apportoit à mes devoirs pour avoir droit de me châtier ; elle venoit frapper à ma porte quand il étoit heure de sortir ; elle rarangeoit ce qu'on dérangeoit ; elle alloit sonner ou répondre quand il le falloit ; elle se trouvoit par-tout où je devois être. J'ignorois tout cela.

Je fis bien de prendre ce parti. Lorsque nous sortîmes du chœur, la supérieure me dit : Sœur Suzanne, suivez-moi... Je la suivis ; puis s'arrêtant dans le corridor à une autre porte : voilà, me dit-elle, votre cellule, c'est la sœur Saint-Jérôme qui occupera la vôtre.... J'entrai, et elle avec moi. Nous étions toutes deux assises sans parler, lorsqu'une religieuse parut avec des habits qu'elle posa sur une chaise, et la supérieure me dit : Sœur Suzanne, déshabillez-vous et prenez ce vêtement..... J'obéis devant elle ; cependant elle étoit attentive à tous mes mouvemens. La sœur qui avoit apporté les habits étoit à la porte, elle rentra, emporta ceux que j'avois quittés, sortit, et la supérieure la suivit. On ne me dit point la raison de ces procédés, et je ne la demandai point. Cependant on avoit cherché partout dans ma cellule, on avoit décousu l'oreiller et les matelas, on avoit déplacé tout ce qui pouvoit l'être ou l'avoir été ; on marcha sur mes pas : on alla au confessionnal, à l'église, dans le jardin, au puits, vers le banc de pierre ; je vis une partie de ces recherches, je soupçonnai le reste. On ne trouva rien, mais on n'en resta pas moins convaincu qu'il y avoit quelque chose. On continua de m'épier pendant plusieurs jours : on alloit où j'étois allée, on regardoit par-tout, mais inutilement. Enfin la supérieure crut qu'il n'étoit possible de savoir la vérité que par moi. Elle entra un jour dans ma cellule et elle me dit : Sœur Suzanne, vous avez des défauts, mais vous n'avez pas celui de mentir ; dites-moi donc la vérité : qu'avez-vous fait de tout le papier que je vous ai donné ? — Madame, je vous l'ai dit. — Cela ne se peut, car vous m'en avez demandé beaucoup, et vous n'avez été qu'un moment au confessionnal. — Il est vrai. — Qu'en avez-vous donc fait ?

— Ce que je vous ai dit. — Eh bien ! jurez-moi, par la sainte obéissance que vous avez vouée à Dieu, que cela est, et, malgré les apparences, je vous croirai. — Madame, il ne vous est pas permis d'exiger un serment pour une chose si légère, et il ne m'est pas permis de le faire. Je ne saurois jurer. — Vous me trompez, sœur Suzanne, et vous ne savez pas à quoi vous vous exposez. Qu'avez-vous fait du papier que je vous ai donné ? — Je vous l'ai dit. — Où est-il ? — Je ne l'ai plus. — Qu'en avez-vous fait ? — Ce que l'on fait de ces sortes d'écrits qui sont inutiles après qu'on s'en est servi. — Jurez-moi par la sainte obéissance qu'il a été tout employé à écrire votre confession, et que vous ne l'avez plus. Madame, je vous le répète, cette seconde chose n'étant pas plus importante que la première, je ne saurai jurer. Jurez, me dit-elle, ou... — Je ne jurerai point. — Vous ne jurerez point? — Non madame. — Vous êtes donc coupable? Et de quoi puis-je être coupable? — De tout; il n'y a rien dont vous ne soyez capable. Vous avez affecté de louer celle qui m'avoit précédée, pour me rabaisser; de mépriser les usages qu'elle avoit proscrits, qu'elle avoit abolis, et que j'ai cru devoir rétablir; de soulever toute la communauté; d'enfreindre les règles; de diviser les esprits; de manquer à tous vos devoirs; de me forcer à vous punir, et à punir celles que vous avez séduites, la chose qui me coûte le plus. J'aurois pu sévir contre vous par toutes les voies les plus dures, je vous ai ménagée; j'ai cru que vous reconnoîtriez vos torts, que vous reprendriez l'esprit de votre état, et que vous reviendriez à moi, vous ne l'avez pas fait. Il se passe quelque chose dans votre esprit qui n'est pas bien; vous avez des projets, l'intérêt de la maison est que je les connoisse, et je les connoîtrai; c'est moi qui vous en réponds. Sœur Suzanne, dites-moi la vérité. --- Je vous l'ai dite. --- Je vais sortir, craignez mon retour; je m'assieds, je vous donne encore un moment pour vous déterminer... Vos papiers, s'ils existent.... — Je ne lès ai plus. — Ou le serment qu'ils ne contenoient que votre confession. — Je ne saurois le faire.... — Elle demeura un moment en silence, puis elle sortit et rentra avec quatre de ses favorites; elles avoient toutes l'air égaré et furieux. Je me jettai à leurs pieds, j'implorai leur miséricorde. Elles crioient toutes ensemble : point de miséricorde. Madame, ne vous laissez pas toucher : qu'elle donne ses papiers, ou qu'elle aille en paix. — J'embrassois les genoux tantôt de l'une, tantôt de l'autre; je leur disois, en les nommant par leurs noms : Sœur Sainte-Agnès, sœur Sainte-Julie, que vous ai-je fait? Pourquoi irritez-vous ma supérieure contre moi? Est-ce ainsi que j'en ai usé? Combien de fois n'ai-je pas supplié pour vous? vous ne vous en souvenez plus. Vous étiez en faute, et je n'y suis pas. La supérieure immobile me regardoit et me disoit : donne tes papiers, malheureuse, ou révèle ce qu'ils contenoient. — Madame, lui disoient-elles, ne les lui demandez plus, vous êtes trop bonne; vous ne la connoissez pas, c'est une ame indocile dont on ne peut venir à bout que par des moyens extrêmes; c'est elle qui vous y porte, tant pis pour elle. Ordonnez que nous la déshabillions et qu'elle entre dans le lieu destiné à ses pareilles. — Ma chère mère, je n'ai rien fait qui puisse offenser ni Dieu, ni les hommes, je vous le jure. — Ce n'est pas là le serment que je veux. — Elle aura écrit contre nous, contre vous, quelque mémoire au grand-vicaire, à l'archevêque; Dieu sait comme elle aura peint l'intérieur de la maison ; on croit aisément le mal. Madame, il faut disposer de cette créature, si vous ne voulez pas qu'elle dispose de nous. — La supérieure ajouta : sœur Suzanne, voyez... — Je me levai brusquement, et je lui dis : Madame, j'ai tout vu ; je sens que je me perds, mais un moment plutôt ou plus tard ne vaut pas la peine d'y penser Faites de moi ce qu'il vous plaira, écoutez leur fureur, consommez votre injustice... Et à l'instant je leur tendis les bras. Ses compagnes s'en saisirent ; on m'arracha mon voile, on me dépouilla sans pudeur. On me trouva sur mon sein un petit portrait de mon ancienne supérieure, on s'en saisit ; je suppliai qu'on me permît de le baiser encore une fois, on me refusa. On me jetta une chemise, on m'ôta mes bas, on me couvrit d'un sac, et l'on me conduisit la tête et les pieds nuds, à travers les corridors. Je criois, j'appellois à mon secours, mais on avoit sonné la cloche pour avertir que personne ne parût. J'invoquois le ciel, j'étois à terre, et l'on me traînoit. Quand j'arrivai au bas des escaliers, j'avois les pieds ensanglantés et les jambes meurtries, j'étois dans un état à toucher des ames de bronze. Cependant l'on ouvrit avec de grosses clefs la porte d'un petit lieu souterrein, obscur, où l'on me jetta sur une natte que l'humidité avoit à demi-pourrie. Là, je trouvai un morceau de pain noir et une cruche d'eau avec quelques vaisseaux nécessaires et grossiers. La natte roulée par un bout formoit un oreiller, il y avoit sur un bloc de pierre une tête de mort avec un crucifix de bois. Mon premier mouvement fut de me détruire; je portai mes mains à ma gorge, je déchirai mon vêtement avec mes dents; je poussai des cris affreux, je hurlois comme une bête féroce; je me frappai la tête contre les murs; je me mis toute en sang; je cherchai à me détruire jusqu'à ce que les forces me manquassent, ce qui ne tarda pas. C'est-là que j'ai passé trois jours; je m'y croyois pour toute ma vie. Tous les matins une de mes exécutrices venoit et me disoit : obéissez à notre supérieure, et vous sortirez d'ici. — Je n'ai rien fait, je ne sais ce qu'on me demande. Ah! sœur Saint-Clément, il est un Dieu!....

Le troisième jour, sur les neuf heures du soir, on ouvrit la porte : c'étoient les mêmes religieuses qui m'avoient conduite. Après l'éloge des bontés de notre supérieure, elles m'annoncèrent qu'elle me faisoit grace, et qu'on alloit me mettre en liberté — C'est trop tard, leur dis-je, laissez-moi ici, je veux y mourir. — Cependant elles m'avoient relevée et elles m'entraînoient : on me reconduisit dans une cellule où je trouvai la supérieure. J'ai consulté Dieu sur votre sort, il a touché mon cœur, il veut que j'aie pitié de vous, et je lui obéis. Mettez-vous à genoux et demandez-lui pardon. — Je me mis à genoux, et je dis : mon Dieu, je vous demande pardon des fautes que j'ai faites, comme vous le demandâtes sur la croix pour moi. — Quel orgueil! s'écrièrent-elles, elle se compare à Jésus-Christ, et elle nous compare aux Juifs qui l'ont crucifié! — Ne me considérez pas, leur dis-je, mais considérez-vous et jugez. — Ce n'est pas tout, me dit la supérieure, jurez-moi par la sainte obéissance que vous ne parlerez jamais de ce qui s'est passé. — Ce que vous avez fait est donc bien mal, puisque vous exigez de moi, par serment, que j'en garderai le silence. Personne n'en saura jamais rien que votre conscience, je vous le jure. — Vous le jurez ? — Oui, je vous le jure.... — Cela fait, elles me me dépouillèrent des vêtemens qu'elles m'avoient donnés, et me laissèrent me rhabiller des miens.

J'avois pris de l'humidité; j'étois dans une circonstance critique; j'avois tout le corps meurtri; depuis plusieurs jours je n'avois pris que quelques gouttes d'eau avec un peu de pain. Je crus que cette persécution seroit la dernière que j'aurois à souffrir. C'est par l'effet momentané de ces secousses violentes qui montrent combien la nature a de force dans les jeunes personnes, que je revins en très-peu de tems, et je trouvai, quand je reparus, toute la communauté persuadée que j'avois été malade. Je repris les exercices de la maison, et ma place à l'église. Je n'avois pas oublié mon papier, ni la jeune sœur à qui je l'avois confié : j'étois sûre qu'elle n'avoit point abusé de ce dépôt, mais qu'elle ne l'avoit pas gardé sans inquiétude. Quelques jours après ma sortie de prison, au chœur, au moment même où je lui avois donné, c'est-à-dire, lorsque nous nous mettons à genoux, et qu'inclinées les unes vers les autres nous disparoissons dans nos stalles, je me sentis tirer doucement par ma robe; je tendis la main et l'on me donna un billet qui ne contenoit que ces mots: « Combien vous m'avez inquiétée! Et » ce cruel papier, que faut-il que j'en » fasse?.... » Après avoir lu celui-ci, je le roulai dans mes mains et je l'avalai: tout cela se passoit au commencement du carême. Le tems approchoit où la curiosité d'entendre chanter appelle à Longchamp toute la bonne et la mauvaise compagnie de Paris. J'avois la voix très-belle: j'en avois un peu perdu. C'est dans les maisons religieuses qu'on est attentif aux plus petits intérêts; on eut quelques ménagemens pour moi, je jouis d'un peu plus de liberté: les sœurs que j'instruisois au chant, purent approcher de moi sans conséquence : celle à qui j'avois confié mon mémoire en étoit une. Dans les heures de récréation que nous passions au jardin, je la prenois à l'écart, je la faisois chanter; et pendant qu'elle chantoit, voici ce que je lui dis : vous connoissez beaucoup de monde, moi je ne connois personne. Je ne voudrois pas que vous vous compromissiez, j'aimerois mieux mourir ici que de vous exposer au soupçon de m'avoir servie; mon amie, vous seriez perdue, je le sais, cela ne me sauveroit pas; et quand votre perte me sauveroit, je ne voudrois point de mon salut à ce prix. — Laissons cela, me dit-elle : de quoi s'agit-il ? — Il s'agit de faire passer sûrement cette consultation à quelque habile avocat, sans qu'il sache de quelle maison elle vient, et d'en obtenir une réponse que vous me rendrez à l'église ou ailleurs. — A propos, me dit-elle, qu'avez-vous fait de mon billet? Soyez tranquille, je l'ai avalé. — Soyez tranquille vous-même, je penserai à votre affaire... — Vous remarquerez, monsieur, que je chantois tandis qu'elle me parloit, qu'elle chantoit tandis que je lui répondois, et que notre conversation étoit entrecoupée de traits de chants.

Elle ne tarda pas à me tenir parole et à m'en informer à notre manière accoutumée. La semaine sainte arriva, et le concours à nos ténèbres fut nombreux. Je chantai assez bien pour exciter avec tumulte ces scandaleux applaudissemens que l'on donne à vos comédiens dans leurs salles de spectacle, et qui ne devroient jamais être entendus dans les temples du seigneur, sur-tout pendant les jours solemnels et lugubres où l'on célèbre la mémoire de son fils attaché sur la croix pour l'expiation des crimes du genre humain. Mes jeunes élèves étoient bien préparées : quelques-unes avoient de la voix : presque toutes de l'expression et du goût, et il me parut que le public les avoit entendues avec plaisir, et que la communauté étoit satisfaite du succès de mes soins.

Vous savez, monsieur, que l'on transporte, le jeudi-saint, le saint-sacrement de son tabernacle dans un reposoir particulier, où il reste jusqu'au vendredi matin. Cet intervalle est rempli par les adorations successives des religieuses qui se rendent au reposoir les unes après les autres, ou deux à deux. Il y a un tableau qui indique à chacune son heure d'adoration; que je fus contente d'y lire : La sœur Sainte-Suzanne et la sœur Sainte-Ursule, depuis deux heures du matin jusqu'à trois! Je me rendis au reposoir à l'heure marquée : ma compagne y étoit. Nous nous plaçâmes l'une à côté de l'autre, sur les marches de l'autel : nous nous prosternâmes ensemble, nous adorâmes Dieu pendant une demi-heure. Au bout de ce tems, ma jeune amie me tendit la main et me la serra en disant : Nous n'aurons peut-être jamais l'occasion de nous entretenir aussi long-tems et aussi librement ; Dieu connoît la contrainte où nous vivons, et il nous pardonnera si nous partageons un tems que nous lui devons tout entier Je n'ai pas lu votre mémoire, mais il n'est pas difficile de deviner ce qu'il contient : j'en aurai incessamment la réponse. Mais si cette réponse vous autorise à poursuivre la résiliation de vos vœux, ne voyez-vous pas qu'il faudra nécessairement que vous confériez avec des gens de loi ? — Il est vrai. — Que vous aurez besoin de la liberté. — Il est vrai. — Et que si vous faites bien, vous profiterez des dispositions présentes pour vous en procurer. — J'y ai pensé. — Vous le ferez donc ? — Je verrai. — Autre chose. Si votre affaire s'entame, vous demeurerez ici abandonnée à toute la fureur de la communauté : avez-vous prévu les persécutions qui vous attendent ? — Elles ne seront pas plus grandes que celles que j'ai souffertes. — Je n'en sais rien. — Pardonnez-moi. D'abord on n'osera disposer de ma liberté. — Et pourquoi cela ? — Parce qu'alors je serai, pour ainsi dire, entre le monde et le cloître ; j'aurai la bouche ouverte, la liberté de me plaindre ; je vous attesterai toutes ; on n'osera avoir des torts dont je pourrois me plaindre, on n'aura garde de rendre une affaire mauvaise. Je ne demanderois pas mieux qu'on en usât mal avec moi, mais on ne le fera pas, soyez sûre qu'on prendra une conduite toute opposée. On me sollicitera, on me représentera le tort que je vais me faire à moi-même et à la maison, et comptez qu'on n'en viendra aux menaces que quand on aura vu que la douceur et la séduction ne pourront rien, et qu'on s'interdira les voies de force. — Mais il est incroyable que vous ayez tant d'aversion pour un état dont vous remplissez si facilement et si scrupuleusement les devoirs. — Je la sens-là cette aversion, je l'apportai en naissant, et elle ne me quittera pas. Je finirois par être une mauvaise religieuse, il faut prévenir ce moment. — Mais si par malheur vous succombez ? — Si je succombe, je demanderai à changer de maison. — Et si vous n'obtenez pas cette grace ? — Je mourrai. — On souffre long-tems avant que de mourir. Ah! mon amie, votre démarche me fait frémir, je tremble que vos vœux ne soient résiliés et qu'ils ne le soient pas. S'ils le sont, que deviendrez-vous ? que ferez-vous dans le monde ? Vous avez de la figure, de l'esprit et des talens ; mais on dit que cela ne mène à rien avec la vertu, et je sais que vous ne vous départirez pas de cette dernière qualité. — Vous me rendez justice, mais vous ne la rendez pas à la vertu, c'est sur elle seule que je compte : plus elle est rare parmi les hommes, plus elle doit être considérée. — On la loue, mais on ne fait rien pour elle. — C'est elle qui m'encourage et qui me soutient dans mon projet. Quoi qu'on m'objecte, on respectera mes mœurs ; on ne dira pas du moins, comme de la plupart des autres, que je sois entraînée hors de mon état par une passion déréglée : je ne vois personne, je ne connois personne. Je demande à être libre, parce que le sacrifice de ma liberté n'a pas été volontaire. Avez-vous lu mon mémoire ? — Non ; j'ai ouvert le paquet que vous m'avez donné, parce qu'il étoit sans adresse, et que j'ai dû penser qu'il étoit pour moi ; mais les premières lignes m'ont détrompée, et je n'ai pas été plus loin. Que vous fûtes bien inspirée de me l'avoir remis ! un moment plus tard, on l'auroit trouvé sur vous.... Mais l'heure qui finit notre station approche ;

prosternons-nous ; que celles qui vont nous succéder nous trouvent dans la situation où nous devons être. Demandez à Dieu qu'il vous éclaire et qu'il vous conduise, je vais unir ma prière et mes soupirs aux vôtres.... J'avois l'ame un peu soulagée. Ma compagne prioit droite ; moi je me prosternai ; mon front étoit appuyé contre la dernière marche de l'autel, et mes bras étoient étendus sur les marches supérieures. Je ne crois pas m'être jamais adressée à Dieu avec plus de consolation et de ferveur ; le cœur me palpitoit avec violence, j'oubliai en un instant tout ce qui m'environnoit. Je ne sais combien je restai dans cette position, ni combien j'y serois encore restée ; mais je fus un spectacle bien touchant, il le faut croire, pour ma compagne et pour les deux religieuses qui survinrent. Quand je me relevai, je crus être seule ; je me trompois, elles étoient toutes les trois placées derrière moi, debout et fondant en larmes : elles n'avoient osé m'interrompre : elles attendoient que je sortisse de moi-même, de l'état de transport et d'effusion où elles me voyoient. Quand je me retournai de leur côté, mon visage avoit sans doute un caractère bien imposant, si j'en juge par l'effet qu'il produisit sur elles et par ce qu'elles me dirent que je ressemblois alors à notre ancienne supérieure lorsqu'elle nous consoloit, et que ma vue leur avoit causé le même tressaillement. Si j'avois eu quelque penchant à l'hypocrisie ou au fanatisme, et que j'eusse voulu jouer un rôle dans la maison, je ne doute point qu'il ne m'eût réussi. Mon ame s'allume facilement, s'exalte, se touche, et cette bonne supérieure m'a dit cent fois en m'embrassant que personne n'auroit aimé Dieu comme moi, que j'avois un cœur de chair et les autres un cœur de pierre. Il est sûr que j'éprouvois une facilité extrême à partager son extase, et que dans les prières qu'elle faisoit à haute voix, quelquefois il m'arrivoit de prendre la parole, de suivre le fil de ses idées, et de rencontrer comme d'inspiration une partie de ce qu'elle auroit dit elle-même. Les autres l'écoutoient en silence ou la suivoient, moi, je l'interrompois, ou je la devançois, ou je parlois avec elle. Je conservois très-long-tems l'impression que j'avois prise, et il falloit apparemment que je lui en restituasse quelque chose, car l'on discernoit dans les autres qu'elles avoient conversé avec elle, on discernoit en elle qu'elle avoit conversé en moi; mais qu'est-ce que cela signifie, quand la vocation n'y est pas?....... Notre station finie, nous cédâmes la place à celles qui nous succédoient; nous nous embrassâmes bien tendrement, ma jeune compagne et moi, avant que de nous séparer.

La

La scène du reposoir fit bruit dans la maison ; ajoutez à cela le succès de nos ténèbres, du vendredi-saint : je chantai, je touchai de l'orgue, je fus applaudie. O têtes folles de religieuses ! je n'eus presque rien à faire pour me reconcilier avec toute la communauté, on vint au-devant de moi, la supérieure la première. Quelques personnes du monde cherchèrent à me connoître ; cela cadroit trop bien avec mon projet pour m'y refuser. Je vis M. le premier président, madame de Soubise, et une foule d'honnêtes gens, des moines, des prêtres, des militaires, des magistrats, des femmes pieuses, des femmes du monde, et parmi tout cela cette sorte d'étourdis que vous appelez des *talons rouges*, et que j'eus bientôt congédiés. Je ne cultivai de connoissances que celles qu'on ne pouvoit m'objecter, j'abandonnai le reste à celles de nos religieuses qui n'étoient pas si difficiles.

J'oubliois de vous dire que la première marque de bonté qu'on me donna, ce fut de me rétablir dans ma cellule. J'eus le courage de redemander le petit portrait de notre ancienne supérieure, et l'on n'eut pas ... de me le refuser ; il a repris sa place sur mon cœur, il y demeurera tant que je vivrai. Tous les matins, mon premier mouvement est d'élever mon ame à Dieu ; le second, est de baiser ce portrait ; lorsque je veux prier et que je me sens l'ame froide, je le détache de mon cou, je le place devant moi, je le regarde et il m'inspire. C'est bien dommage que nous n'ayons pas connu les saints personnages dont les simulacres sont exposés à notre vénération, ils feroient bien une autre impression sur nous, ils ne nous laisseroient pas à leurs pieds ou devant eux, aussi froids que nous y demeurons.

Je reçus la réponse à mon mémoire,

elle étoit d'un M. Manouri ; elle n'étoit ni favorable, ni défavorable. Avant que de prononcer sur cette affaire, on demandoit un grand nombre d'éclaircissemens auxquels il étoit difficile de satisfaire sans se voir ; je me nommai donc, et j'invitai M. Manouri à se rendre à Longchamp. Ces messieurs se déplacent difficilement, cependant il vint. Nous nous entretînmes très-long-tems, nous convînmes d'une correspondance par laquelle il me feroit parvenir sûrement ses demandes, et je lui enverrois mes réponses. J'employai de mon côté tout le tems qu'il donnoit à mon affaire, à disposer les esprits, à intéresser à mon sort, et à me faire des protections. Je me nommai, je révélai ma conduite dans la première maison que j'avois habitée, ce que j'avois souffert dans la maison domestique, les peines qu'on m'avoit faites en couvent, ma réclamation à Sainte-

Marie, mon séjour à Longchamp, ma prise d'habit, ma profession, la cruauté avec laquelle j'avois été traitée depuis que j'avois consommé mes vœux. On me plaignit, on m'offrit du secours; je retins la bonne volonté qu'on me témoignoit pour le tems où je pourrois en avoir besoin, sans m'expliquer davantage. Rien ne transpiroit dans la maison; j'avois obtenu de Rome la permission de réclamer contre mes vœux, incessamment l'action alloit être intentée, qu'on étoit là-dessus dans une sécurité profonde. Je vous laisse donc à penser quelle fut la surprise de ma supérieure, lorsqu'on lui signifia au nom de sœur Marie-Suzanne Simonin, une protestation contre ses vœux, avec la demande de quitter l'habit de religion, et de sortir du cloître pour disposer d'elle comme elle le jugeroit à propos.

J'avois bien prévu que je trouverois plusieurs sortes d'oppositions, celle des loix, celles de la maison religieuse, et celles de mes beau-frères et sœurs alarmés ; ils avoient eu tout le bien de la famille ; et libre j'aurois eu des reprises considérables à faire sur eux. J'écrivis à mes sœurs, je les suppliai de n'apporter aucune opposition à ma sortie ; j'en appellai à leur conscience sur le peu de liberté de mes vœux ; je leur offris un désistement par acte authentique de toutes mes prétentions à la succession de mon père et de ma mère ; je n'épargnai rien pour leur persuader que ce n'étoit ici une démarche ni d'intérêt, ni de passion. Je ne m'en imposai point sur leurs sentimens ; cet acte que je leur proposois, fait tandis que j'étois encore engagée en religion, devenoit invalide, et il étoit trop incertain pour elles que je le ratifiasse quand je serois libre. Et puis leur convenoit-il d'accepter mes propositions ? Laisseroient-elles une sœur sans asyle et sans fortune ? Jouiront-elles de son bien ? Que dira-t-on dans le monde ? Si elle vient nous demander du pain, la refuserons-nous ? S'il lui prend fantaisie de se marier ; qui sait la sorte d'homme qu'elle épousera ? Et si elle a des enfans ? Il faut contrarier de toute notre force cette dangereuse tentative... Voilà ce qu'elles se dirent et ce qu'elles firent.

A peine la supérieure eut-elle reçu l'acte juridique de ma demande, qu'elle accourut dans ma cellule. Comment, sœur Sainte-Suzanne, me dit-elle, vous voulez nous quitter ? — Oui, madame. — Et vous allez appeler de vos vœux ? — Oui, madame. — Ne les avez-vous pas faits librement ? — Non, madame. — Et qui est-ce qui vous a contrainte ? — Tout. — Monsieur votre père ? — Mon père. — Madame votre mère ? — Elle-même. — Et pourquoi ne pas réclamer au pied des autels ? — J'étois si peu à moi, que je ne me rappelle pas même d'y avoir assisté. — Pouvez-vous parler ainsi ? — Je dis la vérité. — Quoi ! vous n'avez pas entendu le prêtre vous demander : Sœur Sainte-Suzanne Simonin, promettez-vous à Dieu, obéissance, chasteté et pauvreté ? — Je n'en ai pas mémoire. — Vous n'avez pas répondu qu'oui ? — Je n'en ai pas mémoire. — Et vous imaginez que les hommes vous en croiront ? — Ils m'en croiront ou non, mais le fait n'en sera pas moins vrai. — Chère enfant, si de pareils prétextes étoient écoutés, voyez quels abus il s'ensuivroit ! Vous avez fait une démarche inconsidérée, vous vous êtes laissé entraîner par un sentiment de vengeance ; vous avez à cœur les châtimens que vous m'avez obligée de vous infliger, vous avez cru qu'ils suffisoient pour rompre vos vœux ; vous vous êtes trompée, cela ne se peut ni devant les hommes, ni devant Dieu. Songez que le parjure est le plus grand de tous les crimes, que vous l'avez déja commis dans votre cœur, et que vous allez le consommer. — Je ne serai point parjure, je n'ai rien juré. — Si l'on a eu quelques torts avec vous, n'ont-ils pas été réparés ? — Ce ne sont point ces torts qui m'ont déterminée. — Qu'est-ce donc ? — Le défaut de vocation, le défaut de liberté dans mes vœux. — Si vous n'étiez point appellée, si vous étiez contrainte, que ne me le disiez vous quand il en étoit tems ? — Et à quoi cela m'auroit-il servi ? — Que ne montriez-vous la même fermeté que vous eûtes à Sainte-Marie ? — Est-ce que la fermeté dépend de nous ! Je fus ferme la première fois : la seconde, j'étois imbécile. — Que n'appelliez-vous un homme de loi ? Que ne protestiez-vous ? Vous avez eu les vingt-quatre heures pour constater votre regret. — Savois-je rien de ces formalités ? Quand je les aurois sues, étois-je en état d'en user ? Quand j'aurois été en état d'en user, l'aurois-je pu ? Quoi ! madame, ne vous êtes-vous pas apperçue vous-même de mon aliénation ? Si je vous prends à témoin, jurerez-vous que j'étois saine d'esprit ? — Si je le jurerai ! — Eh bien ! madame, c'est vous et non pas moi qui serez parjure. — Mon enfant, vous allez faire un éclat inutile. Revenez à vous, je vous en conjure par votre propre intérêt, par celui de la maison ; ces sortes d'affaires ne se suivent point sans des discussions scandaleuses. — Ce ne sera pas ma faute. — Les gens du monde sont méchans ; on fera les suppositions les plus défavorables à votre esprit, à votre cœur, à vos mœurs ; on croira.... — Tout ce qu'on voudra. — Mais parlez-moi à cœur ouvert ; si vous avez quelque mécontentement secret, quel qu'il soit, il y a du remède. — J'étois, je suis et je serai toute ma vie mécontente de mon état. — L'esprit séducteur qui nous environne sans cesse et qui cherche à nous perdre, auroit-il profité de la liberté trop grande qu'on vous a accordée depuis peu, pour vous inspirer quelque penchant funeste? — Non, madame ; vous savez que je ne fais pas un serment sans peine: j'atteste Dieu que mon cœur est innocent et qu'il n'y eut jamais aucun sentiment honteux. — Cela ne se conçoit pas. — Rien cependant, madame, n'est plus facile à concevoir. Chacun a son caractère, et j'ai le mien ; vous aimez la vie monastique, et je la hais ; vous avez reçu de Dieu les graces de votre état, et elles me manquent toutes ; vous vous seriez perdue dans le monde, et vous assurez ici votre salut ; je me perdrois ici, et j'espère me sauver dans le monde, je suis et je serai une mauvaise religieuse. — Et pourquoi ? personne ne remplit mieux ses devoirs que vous. — Mais c'est avec peine et à contre-cœur. — Vous en méritez davantage. — Personne ne peut savoir mieux que moi ce que je mérite, et je suis forcée de m'avouer qu'en me soumettant à tout, je ne mérite rien. Je suis lasse d'être une hypocrite ; en faisant ce qui sauve les autres, je me déteste et je me damne. En un mot, madame, je ne connois de véritables religieuses que celles qui sont retenues ici par leur goût pour la retraite, et qui y resteroient quand elles n'auroient autour d'elles ni grilles, ni murailles qui les retinssent. Il s'en manque bien que je sois de ce nombre : mon corps est ici, mais mon cœur n'y est pas, il est au-dehors ; et s'il falloit opter entre la mort et la clôture perpétuelle où je suis, je ne balancerois pas à mourir. Voilà mes sentimens. — Quoi ! vous quitterez sans remords ce voile, ces vêtemens qui vous ont consacré à Jésus-Christ? — Oui, madame, parce que je les ai pris sans réflexion et sans liberté.... Je lui répondis avec bien de la modération, car ce n'étoit pas là ce que mon cœur me suggéroit; il me disoit : Oh! que ne suis-je au moment où je pourrai les déchirer et les jetter loin de moi... Cependant ma réponse l'attéra, elle pâlit, elle voulut encore parler, mais ses lèvres trembloient, elle ne savoit pas trop ce qu'elle avoit encore à me dire. Je me promenois à grands pas dans ma cellule, et elle s'écrioit : ô mon Dieu! que diront nos sœurs! ô Jésus! jettez sur elle un regard de pitié! Sœur Sainte-Suzanne. — Madame. — C'est donc un parti pris? vous voulez nous déshonorer, nous rendre et devenir la fable publique, vous perdre! — Je veux sortir d'ici. — Mais si ce n'est que la maison qui vous déplaise..... — C'est la maison, c'est mon état, c'est la religion; je ne veux

veux être enfermée ni ici ni ailleurs. — Mon enfant, vous êtes possédée du démon, c'est lui qui vous agite, qui vous fait parler, qui vous transporte ; rien n'est plus vrai : voyez dans quel état vous êtes ! — En effet, je jettai les yeux sur moi, et je vis que ma robe étoit en désordre, que ma guimpe s'étoit tournée presque sens devant derrière, et que mon voile étoit tombé sur mes épaules. J'étois ennuyée des propos de cette méchante supérieure qui n'avoit avec moi qu'un ton radouci et faux, et je lui dis avec dépit : non, madame, non, je ne veux plus de ce vêtement, je n'en veux plus... Cependant je tâchois de rajuster mon voile, mes mains trembloient, et plus je m'efforçois à l'arranger, plus je le dérangeois ; impatientée, je le saisis avec violence, je l'arrachai, je le jettai par terre, et je restai devant ma supérieure, le front ceint d'un bandeau et la tête échevelée. Cependant elle, incertaine si elle devoit rester, alloit et venoit en disant : ô Jésus ! elle est possédée, rien n'est plus vrai, elle est possédée.... et l'hypocrite se signoit avec la croix de son rosaire. Je ne tardai pas à revenir à moi, je sentis l'indécence de mon état et l'imprudence de mes discours ; je me composai de mon mieux; je ramassai mon voile et je le remis ; puis, me tournant vers elle, je lui dis : madame, je ne suis ni folle ni possédée, je suis honteuse de mes violences et je vous en demande pardon ; mais jugez par-là combien l'état de religieuse me convient peu, et combien il est juste que je cherche à m'en tirer, si je puis.... Elle, sans m'écouter, répétoit : que dira le monde ! que diront nos sœurs ! — Madame, lui dis-je, voulez-vous éviter un éclat ? il y auroit un moyen. Je ne cours point après ma dot, je ne demande que la liberté : je ne dis point que vous m'ouvriez les portes, mais faites seulement aujourd'hui, demain, après, qu'elles soient mal gardées, et ne vous appercevez de mon évasion que le plus tard que vous pourrez.... — Malheureuse! qu'osez-vous me proposer? — Un conseil qu'une bonne et sage supérieure devroit suivre avec toutes celles pour qui leur couvent est une prison; et le couvent en est une pour moi mille fois plus affreuse que celles qui renferment les malfaiteurs; il faut que j'en sorte ou que j'y périsse. Madame, lui dis-je en prenant un ton grave et un regard assuré, écoutez-moi : si les loix auxquelles je me suis adressée trompoient mon attente, et que, poussée par des mouvemens d'un désespoir que je ne connois que trop... vous avez un puits... il y a des fenêtres dans la maison.... par-tout on a des murs devant soi... on a un vêtement qu'on peut dépecer....... des mains dont on peut user.... — Arrêtez, malheureuse! vous me faites frémir. Quoi ! vous pourriez..... — Je pourrois, au défaut de ce qui finit brusquement les maux de la vie, repousser les alimens ; on est maître de boire et de manger, ou de n'en rien faire.... S'il arrivoit, après tout ce que je viens de vous dire, que j'eusse le courage, et vous savez que je n'en manque pas, et qu'il en faut plus quelquefois pour vivre que pour mourir, dites-moi, transportez-vous au jugement de Dieu, qui de vous ou de moi lui sembleroit la plus coupable ?.... Madame, je ne redemande ni ne redemanderai jamais rien à la maison ; épargnez-moi un forfait, épargnez-vous de longs remords : concertons-nous ensemble.... — Y pensez-vous, sœur Sainte-Suzanne ? que je manque au premier de mes devoirs, que je donne les mains au crime, que je partage un sacrilège ! — Le vrai sacrilège, madame, c'est moi qui le commets tous les jours en profanant par le mépris les habits sacrés que je porte. Otez-les moi, j'en suis indigne; faites chercher dans le village les haillons de la paysanne la plus pauvre, et que la clôture me soit entr'ouverte. — Et où irez-vous pour être mieux? — Je ne sais où j'irai; mais on n'est mal qu'où Dieu ne nous veut point, et Dieu ne me veut point ici. — Vous n'avez rien. — Il est vrai, mais l'indigence n'est pas la chose que je crains le plus. — Craignez les désordres auxquels elle entraîne. — Le passé me répond de l'avenir; si j'avois voulu écouter le crime, je serois libre. Mais s'il me convient de sortir de cette maison, ce sera ou de votre consentement ou par l'autorité des loix. Vous pouvez opter.

Cette conversation avoit duré. En me la rappellant, je rougis des choses indiscrètes et ridicules que j'avois faites et dites, mais il étoit trop tard. La supérieure en étoit encore à ses exclamations, que dira le monde! que diront nos sœurs! lorsque la cloche qui nous appelloit à l'office vint nous séparer. Elle me dit en me quittant: sœur Sainte-Suzanne, vous allez à l'église, demandez à Dieu qu'il vous touche, et qu'il vous rende l'esprit de votre état; interrogez votre conscience et croyez ce qu'elle vous dira : il est impossible qu'elle ne vous fasse des reproches. Je vous dispense du chant.

Nous descendîmes presque ensemble : l'office s'acheva. A la fin de l'office, lorsque toutes les sœurs étoient sur le point de se séparer, elle frappa sur son bréviaire et les arrêta. Mes sœurs, leur dit-elle, je vous invite à vous jetter au pied des autels et à implorer la miséricorde de Dieu sur une religieuse qu'il a abandonnée, qui a perdu le goût et l'esprit de la religion, et qui est sur le point de se porter à une action sacrilège aux yeux de Dieu, et honteuse aux yeux des hommes.

Je ne saurois vous peindre la surprise générale ; en un clin-d'œil chacune, sans se remuer, eut parcouru le visage de ses compagnes, cherchant à démêler la coupable à son embarras. Toutes se prosternèrent et prièrent en silence. Au bout d'un espace de tems assez considérable, la prieure entonna à voix basse le *veni Creator*, et toutes continuèrent à voix basse le *veni Creator* ; puis, après un second silence, la prieure frappa sur son pupitre, et l'on sortit.

Je vous laisse à penser le murmure qui s'éleva dans la communauté : qui est-ce ? qui n'est-ce pas ? qu'a-t-elle fait ? que veut-elle faire ?.... Ces soupçons ne durèrent pas long-tems. Ma demande commençoit à faire du bruit dans le monde ; je recevois des visites sans fin : les uns m'apportoient des reproches, d'autres m'apportoient des conseils ; j'étois approuvée des uns, j'étois blâmée des autres. Je n'avois qu'un moyen de me justifier aux yeux de tous, c'étoit de les instruire de la conduite de mes parens, et vous concevez quel ménagement j'avois à garder sur ce point; il n'y avoit que quelques personnes qui me restèrent sincèrement attachées, et M. Manouri, qui s'étoit chargé de mon affaire, à qui je pusse m'ouvrir entièrement. Lorsque j'étois effrayée des tourmens dont j'étois menacée, ce cachot où j'avois été traînée une fois, se représentoit à mon imagination dans toute son horreur : je connoissois la fureur des religieuses. Je communiquai mes craintes à M. Manouri, et il me dit : Il est impossible de vous éviter toutes sortes de peines, vous en aurez, vous avez dû vous y attendre; il faut vous armer de patience et vous soutenir par l'espoir qu'elles finiront. Pour ce cachot, je vous promets que vous n'y rentrerez jamais; c'est mon affaire.... En effet, quelques jours après il apporta un ordre à la supérieure, de me représenter toutes et quantes fois elle en seroit requise.

Le lendemain, après l'office, je fus encore recommandée aux prières publiques de la communauté; l'on pria en silence, et l'on dit à voix basse le même hymne que la veille. Même cérémonie le troisième jour, avec cette différence que l'on m'ordonna de me placer debout au milieu du chœur, et que l'on récita les prières pour les agonisans, les litanies des saints, avec le refrein *ora pro eâ*. Le quatrième jour, ce fut une momerie qui marquoit bien le caractère bisarre de la supérieure. A la fin de l'office, on me fit coucher dans une bière au milieu du chœur; on plaça des chandeliers à mes côtés avec un bénitier; on me couvrit d'un suaire et l'on récita l'office des morts, après lequel chaque religieuse, en sortant, me jetta de l'eau bénite en disant :

requiescat in pace. Il faut entendre la langue des couvens pour connoître l'espèce de menace contenue dans ces derniers mots. Deux religieuses relevèrent le suaire, éteignirent les cierges, et me laissèrent-là, trempée jusqu'à la peau, de l'eau dont elles m'avoient malicieusement arrosée. Mes habits se séchèrent sur moi; je n'avois pas de quoi me rechanger. Cette mortification fut suivie d'une autre: la communauté fut assemblée; on me regarda comme une réprouvée; ma démarche fut traitée d'apostasie; et l'on défendit, sous peine de désobéissance, à toutes les religieuses de me parler, de me secourir, de m'approcher, et de toucher même aux choses qui m'auroient servi: ces ordres furent exécutés à la rigueur. Nos corridors sont étroits, deux personnes ont, en quelques endroits, de la peine à passer de front; si j'allois et qu'une religieuse vînt à moi, ou elle retournoit sur ses pas, ou elle se colloit contre le mur, tenant son voile et son vêtement, de crainte qu'il ne frottât contre le mien. Si l'on avoit quelque chose à recevoir de moi, je le posois à terre, et on le prenoit avec un linge; si l'on avoit quelque chose à me donner, on me le jettoit. Si l'on avoit eu le malheur de me toucher, l'on se croyoit souillé, et l'on alloit s'en confesser, et s'en faire absoudre chez la supérieure. On a dit que la flatterie étoit vile et basse; elle est encore bien cruelle et bien ingénieuse lorsqu'elle se propose de plaire par les mortifications qu'elle invente. Je fus privée de tous les emplois. A l'église, on laissoit une stalle vuide de chaque côté de celle que j'occupois. J'étois seule à une table au réfectoire; on ne m'y servoit pas, j'étois obligé d'aller dans la cuisine demander ma portion: la première fois, la sœur cuisinière me cria; n'entrez pas.... Je lui obéis

— Que voulez-vous ? — A manger. — A manger! vous n'êtes pas digne de vivre.... — Quelquefois je m'en retournois, et je passois la journée sans rien prendre; quelquefois j'insistois, et l'on me mettoit sur le seuil des mets qu'on auroit eu honte de présenter à des animaux; je les ramassois en pleurant, et je m'en allois. Arrivois-je quelquefois à la porte du chœur la dernière, je la trouvois fermée; je m'y mettois à genoux, et là j'attendois la fin de l'office : si c'étoit au jardin, je m'en retournois dans ma cellule. Cependant mes forces s'affoiblissant par le peu de nourriture, la mauvaise qualité de celle que je prenois, et plus encore par la peine que j'avois à supporter tant de marques réitérées d'inhumanité, je sentis que si je persistois à souffrir sans me plaindre, je ne verrois jamais la fin de mon procès. Je me déterminai donc à parler à la supérieure : j'étois à

moitié

moitié morte de frayeur : j'allai cependant frapper à sa porte. Elle ouvrit ; à ma vue, elle recula plusieurs pas en arrière, en me disant : Apostate, éloignez-vous. — Je m'éloignai. — Encore..... — Je m'éloignai encore. — Que voulez-vous ? — Puisque ni Dieu ni les hommes ne m'ont point condamnée à mourir, je veux, madame, que vous ordonniez qu'on me fasse vivre. — Vivre ! me dit-elle en me répétant le propos de la sœur cuisinière, en êtes-vous digne ? — Il n'y a que Dieu qui le sache ; mais je vous préviens que si l'on me refuse la nourriture, je serai forcée d'en porter mes plaintes à ceux qui m'ont acceptée sous leur protection. Je ne suis ici qu'en dépôt jusqu'à ce que mon sort et mon état soient décidés. — Allez, me dit-elle, ne me souillez pas de vos regards ; j'y pourvoirai.... Je m'en allai, et elle ferma sa porte avec violence sur moi. Elle donna ses ordres apparemment, mais je n'en fus guère mieux soignée : on se faisoit un mérite de lui désobéir : on me jettoit les mets les plus grossiers, encore les gâtoit-on avec de la cendre et toutes sortes d'ordures.

Voilà la vie que j'ai menée tant que mon procès a duré. Le parloir ne me fut pas tout-à-fait interdit : on ne pouvoit m'ôter la liberté de conférer avec mes juges ni avec mon avocat, encore celui-ci fut-il obligé d'employer plusieurs fois la menace pour obtenir de me voir. Alors une sœur m'accompagnoit : elle se plaignoit, si je parlois bas ; elle s'impatientoit, si je restois trop ; elle m'interrompoit, me démentoit, me contredisoit ; répétoit à la supérieure mes discours, les altéroit, les empoisonnoit, m'en supposoit même que je n'avois pas tenus ; que sais-je ? on en vint jusqu'à me voler, me dépouiller, m'ôter mes chaises, mes couvertures et mes matelas ; on ne me donnoit plus de linge blanc ;

mes vêtemens se déchiroient ; j'étois presque sans bas et sans souliers. J'avois peine à obtenir de l'eau : j'ai plusieurs fois été obligée d'en aller chercher moi-même au puits, à ce puits dont je vous ai parlé ; on me cassa mes vaisseaux : alors j'étois réduite à boire l'eau que j'avois tirée, sans en pouvoir emporter. Si je passois sous des fenêtres, j'étois obligée de fuir, ou de m'exposer à recevoir les immondices des cellules. Quelques sœurs m'ont craché au visage. J'étois devenue d'une malpropreté hideuse. Comme on craignoit les plaintes que je pourrois faire à nos directeurs, la confession me fut interdite. Un jour de grande fête, c'étoit, je crois, le jour de l'Ascension, on embarrassa ma serrure ; je ne pus aller à la messe, et j'aurois peut-être manqué à tous les autres offices, sans la visite de M. Manouri, à qui l'on dit d'abord que l'on ne savoit pas ce que j'étois devenue, qu'on ne me voyoit plus, et que je ne faisois aucune action de christianisme. Cependant à force de me tourmenter, j'abattis ma serrure, et je me rendis à la porte du chœur, que je trouvai fermée, comme il arrivoit lorsque je ne venois pas des premières. J'étois couchée à terre, la tête et le dos appuyés contre un des murs, les bras croisés sur la poitrine, et le reste de mon corps étendu fermoit le passage; lorsque l'office finit, et que les religieuses se présentèrent pour sortir, la première s'arrêta tout court; les autres arrivèrent à sa suite; la supérieure se douta de ce que c'étoit, et dit: marchez sur elle, ce n'est qu'un cadavre... Quelques-unes obéirent et me foulèrent aux pieds, d'autres furent moins inhumaines, mais aucune n'osa me tendre la main pour me relever. Tandis que j'étois absente, on enleva de ma cellule mon prie-Dieu, le portrait de notre fondatrice, les autres images pieuses, le crucifix, et *il ne* me resta que celui que je portois à mon rosaire, qu'on ne me laissa pas long-tems; je vivois donc entre quatre murs, dans une chambre sans porte, sans chaise, debout ou sur une paillasse, sans aucun des vaisseaux les plus nécessaires, forcée de sortir la nuit pour satisfaire aux besoins de la nature, et accusée le lendemain de troubler le repos de la maison, d'errer et de devenir folle. Comme ma cellule ne fermoit plus, on entroit pendant la nuit en tumulte, on crioit, on tiroit mon lit, on cassoit mes fenêtres, on me faisoit des terreurs. Le bruit montoit au-dessus, descendoit au-dessous, et celles qui n'étoient pas du complot disoient qu'il se passoit dans ma chambre des choses étranges; qu'elles avoient entendu des voix lugubres, des cris, des cliquetis de chaînes, et que je conversois avec les revenans et les mauvais esprits; qu'il falloit que j'eusse fait un pacte, et qu'il faudroit incessamment déserter de mon corridor. Il y a dans les communautés des têtes foibles, c'est même le grand nombre; celles-là croyoient ce qu'on leur disoit, n'osoient passer devant ma porte, me voyoient dans leur imagination troublée avec une figure hideuse, faisoient le signe de la croix à ma rencontre, et s'enfuyoient en criant: Satan, éloignez-vous de moi! Mon Dieu, venez à mon secours!... Une des plus jeunes étoit au fond du corridor, j'allois à elle, et il n'y avoit pas moyen de m'éviter; la frayeur la plus terrible la prit. D'abord elle se tourna le visage contre le mur, marmotant d'une voix tremblante: mon Dieu! mon Dieu! Jésus! Marie!...... Cependant j'avançois; quand elle me sentit près d'elle, elle se mit les mains sur le visage de peur de me voir, et s'élançant de mon côté, elle vint avec violence se précipiter entre mes bras, et la voilà qui s'écrie: miséricorde! je suis perdue ! sœur Sainte-Suzanne, ne me faites point de mal ! sœur Sainte-Suzanne, ayez pitié de moi... En disant ces mots, la voilà renversée à moitié morte sur le carreau. On vint à ses cris, on l'emporta, et je ne saurois vous dire comment cette aventure fut travestie : on en fit l'histoire la plus criminelle : on dit que le démon de l'impureté s'étoit emparé de moi ; on me supposa des desseins, des actions que je n'ose nommer, et des desirs bisarres auxquels on attribua le désordre dans lequel la jeune religieuse étoit tombée. En vérité, je ne suis pas un homme, et je ne sais ce qu'on peut imaginer d'une femme et d'une autre femme, et bien moins encore d'une femme seule; cependant, comme mon lit étoit sans rideaux et qu'on entroit dans ma chambre à toute heure, que vous dirai-je, monsieur? Il faut qu'avec toute leur réserve extérieure, la modestie de leurs regards, la chasteté de leurs expressions, ces femmes aient le cœur bien corrompu; elles savent du moins qu'on commet seule des actions déshonnêtes; et moi je ne le sais pas; aussi n'ai-je jamais bien compris ce dont elles m'accusoient, et elles s'exprimoient en des termes si obscurs, que je n'ai jamais su ce qu'il y avoit à leur répondre. Je ne finirois point, si je voulois suivre ce détail de persécutions! Ah! monsieur, si vous avez des enfans, apprenez par mon sort celui que vous leur préparez, si vous souffrez qu'ils entrent en religion sans les marques de la vocation la plus forte et la plus décidée. Qu'on est injuste dans le monde! on permet à un enfant de disposer de sa liberté à un âge où il ne lui est pas permis de disposer d'un écu. Tuez plutôt votre fille que de l'emprisonner dans un cloître malgré elle, tuez-la. Combien j'ai desiré de fois d'avoir été étouffée par ma mère en naissant! elle eût été moins cruelle.

Croiriez-vous bien qu'on m'ôta mon bréviaire et qu'on me défendit de prier Dieu ? Vous pensez bien que je n'obéis pas ! Hélas ! c'étoit mon unique consolation ; j'élevois mes mains au ciel, je poussois des cris, et j'osois espérer qu'ils étoient entendus du seul être qui voyoit toute ma misère. On écoutoit à ma porte, et un jour que je m'adressois à lui dans l'accablement de mon cœur, et que je l'appellois à mon aide, on me dit : vous appellez Dieu en vain, il n'y a plus de Dieu pour vous, mourez désespérée et soyez damnée.... D'autres ajoutèrent : *amen* sur l'apostate ! *amen* sur elle !

Mais voici un trait qui vous paroîtra bien plus étrange qu'aucun autre. Je ne sais si c'est méchanceté ou illusion ; c'est que quoique je ne fisse rien qui marquât un esprit dérangé, à plus forte raison un esprit obsédé de l'esprit infernal, elles délibérèrent entr'elles s'il ne falloit pas m'exorciser, et il fut conclu à la pluralité des voix que j'avois renoncé à mon chrême et à mon baptême, que le démon résidoit en moi, et qu'il m'éloignoit des offices divins. Une autre ajouta qu'à certaines prières je grinçois des dents, et que je frémissois dans l'église, qu'à l'élévation du saint-sacrement je me tordois les bras. Une autre, que je foulois le christ aux pieds, et que je ne portois plus mon rosaire (qu'on m'avoit volé); que je proférois des blasphêmes que je n'ose vous répéter. Toutes, qu'il se passoit en moi quelque chose qui n'étoit pas naturel, et qu'il falloit en donner avis au grand-vicaire; ce qui fut fait.

Ce grand-vicaire étoit un M. Hébert, homme d'âge et d'expérience, brusque, mais juste, mais éclairé. On lui fit le détail du désordre de la maison, et il est sûr qu'il étoit grand, et que si j'en étois la cause, c'étoit une cause bien innocente. Vous vous doutez bien qu'on n'omit pas dans le mémoire qui lui fut envoyé, mes courses de nuit, mes absences du chœur, le tumulte qui se passoit chez moi, ce que l'une avoit vu, ce qu'une autre avoit entendu, mon aversion pour les choses saintes, mes blasphêmes, les actions obscènes qu'on m'imputoit; pour l'aventure de la jeune religieuse, on en fit tout ce qu'on voulut. Les accusations étoient si fortes et si multipliées, qu'avec tout son bon sens, M. Hébert ne put s'empêcher d'y donner en partie, et de croire qu'il y avoit beaucoup de vrai. La chose lui parut assez importante pour s'en instruire par lui-même; il fit annoncer sa visite, et vint, en effet, accompagné de deux jeunes ecclésiastiques qu'on avoit attachés à sa personne, et qui le soulageoient dans ses pénibles fonctions.

Quelques jours auparavant, la nuit, j'entendis entrer doucement dans ma chambre. Je ne dis rien, j'attendis qu'on me parlât, et l'on m'appelloit d'une voix basse et tremblante : sœur Sainte-Suzanne, dormez-vous ? — Non, je ne dors pas. Qui est-ce ? — C'est moi. — Qui vous ? — Votre amie qui se meurt de peur, et qui s'expose à se perdre, pour vous donner un conseil peut-être inutile. Ecoutez : il y a demain ou après visite du grand-vicaire, vous serez accusée, préparez-vous à vous défendre. Adieu ; ayez du courage, et que le Seigneur soit avec vous !.... — Cela dit, elle s'éloigna avec la légèreté d'une ombre. Vous voyez ; il y a par-tout, même dans les maisons religieuses, quelques ames compatissantes que rien n'endurcit.

Cependant mon procès se suivoit avec chaleur ; une foule de personnes de tout état, de tout sexe, de toutes conditions, que je ne connoissois pas, s'intéressèrent à mon sort et sollicitèrent

rent pour moi. Vous fûtes de ce nombre, et peut-être l'histoire de mon procès vous est-elle mieux connue qu'à moi ; car sur la fin je ne pouvois plus conférer avec M. Manouri. On lui dit que j'étois malade ; il se douta qu'on le trompoit, il trembla qu'on ne m'eût jetée dans le cachot. Il s'adressa à l'archevêché, où l'on ne daigna pas l'écouter ; on y étoit prévenu que j'étois folle ou peut-être quelque chose de pis. Il se retourna du côté des juges ; il insista sur l'exécution de l'ordre signifié à la supérieure de me représenter morte ou vive quand elle en seroit sommée. Les juges séculiers entreprirent les juges ecclésiastiques ; ceux-ci sentirent les conséquences que cet incident pouvoit avoir, si on n'alloit au-devant, et ce fut là ce qui accéléra apparemment la visite du grand vicaire ; car ces messieurs, fatigués des tracasseries éternelles de couvent, ne se pressent pas communément de s'en mêler, ils savent par expérience que leur autorité est toujours éludée et compromise.

Je profitai de l'avis de mon amie pour invoquer le secours de Dieu, rassurer mon ame et préparer ma défense. Je ne demandai au ciel que le bonheur d'être interrogée et entendue sans partialité; je l'obtins, mais vous allez apprendre à quel prix. S'il étoit de mon intérêt de paroître devant mon juge innocente et sage, il n'importoit pas moins à ma supérieure qu'on me vît méchante, obsédée du démon, coupable et folle. Aussi, tandis que je redoublois de ferveur et de prières, on redoubla de méchancetés; on ne me donna d'alimens que ce qu'il en falloit pour m'empêcher de mourir de faim, on m'excéda de mortifications, on multiplia autour de moi les terreurs de toute espèce, on m'ôta tout-à-fait le repos de la nuit; tout ce qui peut abattre la santé et troubler l'esprit, on le mit en œuvre ; ce fut un rafinement de cruauté dont vous n'avez pas d'idée. Jugez du reste par ce trait. Un jour que je sortois de ma cellule pour aller à l'église ou ailleurs, je vis une pincette à terre, en travers dans le corridor, je me baissai pour la ramasser et la placer de manière que celle qui l'avoit égarée la retrouvât facilement ; la lumière m'empêcha de voir qu'elle étoit presque rouge, je la saisis ; mais en la laissant retomber, elle emporta avec elle toute la peau du dedans de ma main dépouillée. On exposoit la nuit, dans les endroits où je devois passer, des obstacles ou à mes pieds ou à la hauteur de ma tête ; je me suis blessée cent fois, je ne sais comment je ne me suis pas tuée. Je n'avois pas de quoi m'éclairer, et j'étois obligée d'aller en tremblant, les mains devant moi. On semoit des verres cassés sous mes pieds. J'étois bien résolue de dire tout cela, et je me tins parole à-peu-près. Je trouvois la porte des commodités fermée, et j'étois obligée de descendre plusieurs étages et de courir au fond du jardin quand j'en trouvois la porte ouverte ; quand je ne la trouvois pas.... Ah ! monsieur, les méchantes créatures que des femmes recluses qui sont bien sûres de seconder la haine de leur supérieure, et qui croient servir Dieu en vous désespérant ! Il étoit tems que l'archidiacre arrivât, il étoit tems que mon procès finît.

Voici le moment le plus terrible de ma vie ; car songez bien, monsieur, que j'ignorois absolument sous quelles couleurs on m'avoit peinte aux yeux de cet ecclésiastique, et qu'il venoit avec la curiosité de voir une fille possédée ou qui la contrefaisoit. On crut qu'il n'y avoit qu'une forte terreur qui pût me montrer dans cet état, et voici comment on s'y prit pour me la donner.

Le jour de sa visite, dès le grand matin, la supérieure entra dans ma cellule; elle étoit accompagnée de trois sœurs; l'une portoit un bénitier, l'autre un crucifix, une troisième des cordes. La supérieure me dit, avec une voix forte et menaçante : levez-vous... Je me levai. Mettez-vous à genoux et recommandez-vous à Dieu... Madame, lui dis-je, avant que de vous obeir, pourrois-je vous demander ce que je vais devenir, ce que vous avez décidé de moi, et ce qu'il faut que je demande à Dieu?... Une sueur froide se répandit sur tout mon corps; je tremblois; je sentois mes genoux plier; je regardois avec effroi ses trois fatales compagnes; elles étoient debout sur une même ligne, le visage sombre, les lèvres serrées et les yeux fermés. La frayeur avoit séparé chaque mot de la question que j'avois faite, je crus au silence qu'on gardoit que je n'avois pas été entendue; je recommençai les derniers mots de cette question, car je n'eus pas la force de la répéter toute entière; je dis donc avec une voix foible et qui s'éteignoit: quelle grace faut-il que je demande à Dieu ?... On me répondit : demandez-lui pardon des péchés de toute votre vie, parlez-lui comme si vous étiez au moment de paroître devant lui... A ces mots, je crus qu'elles avoient résolu de se défaire de moi. J'avois bien entendu dire que cela se pratiquoit quelquefois dans les couvens de certains religieux, qu'ils jugeoient, qu'ils condamnoient à mort et qu'ils supplicioient; je ne croyois pas qu'on eût jamais exercé cette inhumaine juridiction dans aucun couvent de femmes; mais il y avoit tant d'autres choses que je n'avois pas devinées et qui s'y passoient. A cette idée de mort prochaine, je voulus crier, mais ma bouche étoit ouverte et il n'en sortoit aucun son; j'avançois vers la supérieure des bras supplians, et mon corps défaillant se renversoit en arrière. Je tombai, mais ma chûte ne fut pas dure; dans ces momens de transe où la force abandonne, insensiblement les membres se dérobent, s'affaissent pour ainsi dire les uns sur les autres, et la nature ne pouvant se soutenir, semble chercher à défaillir mollement. Je perdis la connoissance et le sentiment, j'entendois seulement bourdonner autour de moi des voix confuses et lointaines, soit qu'elles parlassent, soit que les oreilles me tintassent, je ne distinguois rien que ce tintement qui duroit. Je ne sais combien je restai dans cet état, mais j'en fus tirée par une fraîcheur subite qui me causa une convulsion légère et qui m'arracha un profond soupir. J'étois traversée d'eau, elle couloit de mes vêtemens à terre; c'étoit celle d'un grand bénitier qu'on m'avoit répandu sur le corps. J'étois couchée sur le côté, étendue dans cette eau ; la tête appuyée contre le mur, la bouche entr'ouverte et les yeux à demi-morts et fermés ; je cherchai à les ouvrir et à regarder, mais il me sembla que j'étois enveloppée d'un air épais à travers lequel je n'entrevoyois que des vêtemens flottans auxquels je cherchois à m'attacher sans le pouvoir. Je faisois effort du bras sur lequel je n'étois pas soutenue, je voulois le lever, mais je le trouvois trop pesant ; mon extrême foiblesse diminua peu-à-peu, je me soulevai, je m'appuyai le dos contre le mur, j'avois les deux mains dans l'eau, la tête penchée sur la poitrine, et je poussois une plainte inarticulée, entrecoupée et pénible. Ces femmes me regardoient d'un air qui marquoit la nécessité, l'inflexibilité, et qui m'ôtoit le courage de les implorer. La supérieure dit : qu'on la mette debout... On me prit sous les bras et l'on me releva. Elle ajouta :

puisqu'elle ne veut pas se recommander à Dieu, tant pis pour elle ; vous savez ce que vous avez à faire, achevez... Je crus que ces cordes qu'on avoit apportées étoient destinées à m'étrangler ; je les regardai, mes yeux se remplirent de larmes. Je demandai le crucifix à baiser, on me le refusa. Je demandai les cordes à baiser, on me les présenta. Je me penchai, je pris le scapulaire de la supérieure et je le baisai ; je dis : mon Dieu, ayez pitié de moi ! mon Dieu, ayez pitié de moi ! Chères sœurs, tâchez de ne pas me faire souffrir... Et je présentai mon cou. Je ne saurois vous dire ce que je devins, ni ce qu'on me fit : il est sûr que ceux qu'on mène au supplice, et je m'y voyois, sont morts avant que d'être exécutés. Je me trouvai sur la paillasse qui me servoit de lit, les bras liés derrière le dos, assise avec un grand Christ de fer sur mes genoux... Monsieur le marquis, je vois d'ici tout le mal que je vous cause, mais vous avez voulu savoir si je méritois un peu la compassion que j'attends de vous.

Ce fut alors que je sentis la supériorité de la religion chrétienne sur toutes les religions du monde; quelle profonde sagesse il y avoit dans ce que l'aveugle philosophie appelle la *folie de la croix*. Dans l'état où j'étois, de quoi m'auroit servi l'image d'un législateur heureux et comblé de gloire? Je voyois l'innocent couronné d'épines, les mains et les pieds percés de clous, et expirant dans les souffrances; et je me disois : voilà mon Dieu, et j'ose me plaindre!... Je m'attachai à cette idée, et je sentis la consolation renaître dans mon cœur; je connus la vanité de la vie, et je me trouvai trop heureuse de la perdre avant que d'avoir eu le tems de multiplier mes fautes. Cependant je comptois mes années; je trouvois que j'avois à peine dix-neuf ans, et je soupirai ; j'étois trop affoiblie, trop abattue pour que mon esprit pût s'élever au-dessus des terreurs de la mort ; en pleine santé, je crois que j'aurois pu me résoudre avec plus de courage.

Cependant la supérieure et ses satellites revinrent ; elles me trouvèrent plus de présence d'esprit qu'elles ne s'y attendoient et qu'elles ne m'en auroient voulu. Elles me levèrent debout, on m'attacha mon voile sur le visage ; deux me prirent sous les bras, une troisième me poussoit par derrière, et la supérieure m'ordonnoit de marcher. J'allois sans savoir où j'allois, mais croyant aller au supplice, et je disois : mon Dieu, ayez pitié de moi ! mon Dieu, soutenez-moi ! mon Dieu, ne m'abandonnez pas ! mon Dieu pardonnez-moi, si je vous ai offensé !

FIN DU PREMIER VOLUME.

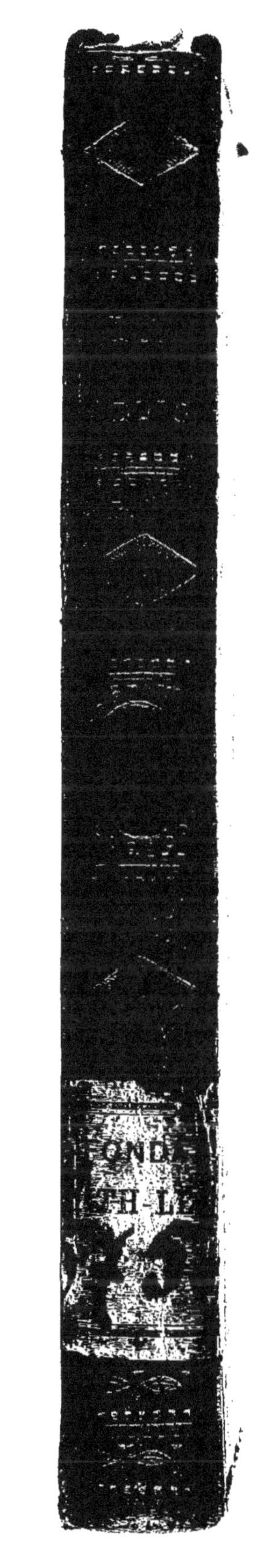

www.ingramcontent.com/pod-product-compliance
Lightning Source LLC
LaVergne TN
LVHW010606110826
845149LV00003B/789

9782019530853